TRE LIBRI DELL'EDUCATIONE CHRISTIANA DEI FIGLIUOLI

VOL. I

Silvio Antoniano

DALL'ILLUSTRISSIMO ET REVERENDISSIMO SIGNORE ET PATRON MIO COLENDISSIMO MONSIG. CARLO BORROMEO CARDINALE DI S. PRASSEDE.

La Città di Milano ha molto da ringratiare il Sig. Iddio (Illustriss. et Reverendiss. Monsign.) che le habbia concesso V. S. Illustrissima per suo Pastore, et guida sicura, et insieme tutti i popoli vicini, anzi tutta Italia, anzi tutta la Chiesa di Dio, che si sia degnato in questi cosi calamitosi tempi, provedere d'un ministro tale, che fusse come stimolo à tutti gl'altri Pastori per fargli esercitare con diligenza l'offitio pastorale, et che insieme arrecasse ornamento à la sua Chiesa militante, concedendogli tante gratie, et donandogli tanta virtù, che potesse essere essempio, et regola di ben vivere à ciascono: Talche molte persone straniere, di paesi lontani venivano per veder l'ordine maraviglioso de la gran casa del savio Rè Salomone; et finalmente la prudente Regina Saba, fin da le estreme parti d'Oriente fu tratta da la fama de la sua sapienza; et poi che hebbe seco ragionato à lungo, et fu risoluta di tutti i suoi dubii, considerato l'ordine de' suoi ministri, et gl'ornamenti del suo regal palagio, restò sì fattamente stupefatta, che quasi uscita di se stessa esclamò: Io haveva ben udite gran cose di te, ma quello che io havea inteso, à paragone di quanto ho veduto, si può dire esser stato niente; beati quei servi che son degni di stare à la tua presenza. Non è per tanto maraviglia, se quelli che di diverse parti vengono à Milano, veduta et intesa la sapienza che V. S. Illustriss. dimostra nel governo de la sua Chiesa, et le sante institutioni, con le quali conduce à la christiana perfettione, il gregge à la sua fede et cura commesso, affermano più ritrovare in effetto, di quello che havevano udito ragionare. Et quello che accresce la maraviglia è, che non solo ella procura il bene et la salute de' suoi populi, ma và sempre pensando, et investigando come possa à i bisogni de gl'altri sovvenire, et non si contenta che la sua Chiesa sola senta il giovamento del suo saggio governo, ma per imitare quanto più può la natura di Dio, si studia communicare le sue gratie ad altri, et diffondere i suoi doni à tutti. Perilche considerando ella con la sua molta prudenza accompagnata da vera et sincera pietà, di quanto giovamento potese essere l'intendere qual sia la Christiana educatione, et quanta salute fusse per arrecare à i padri, et à i figliuoli, et quanto fusse al buon governo de le Città necessaria, et di quanta consolatione à i populi (poiche di niuna cosa più trionfa il Demonio, nè maggior guadagno fa, che de la negligenza de' padri intorno al governo de' figliuoli, ponendo per lo più maggior pensiero, et più cura nel governo d'animali bruti, nel culto de' campi, nel bonificare le possessioni, ne le fabriche, et ne gl'ornamenti de le veste, che ne la educatione de' figliuoli; onde nascono tante miserie al mondo, et si vive con tanto poco timore, et con tanta offesa di Dio, et tanti padri si truovano sconsolati, et tante madri afflitte che sarebbe cosa lunga, et lachrimabile il narrarlo) giudicò che devesse esser cosa sopra modo giovevole, se si trovasse uno che trattasse di questa materia, et la riducesse in precetti, et con bello ordine insegnasse il modo di istruire i figliuoli. Et conoscendo ella benissimo il vivo ingegno, et la molta dottrina, insieme con la pietà Christiana, del molto Reverendo Messer Silvio Antoniano, giudicandolo attissimo à questo negotio, lo pregò che volesse soccorrere à la necessità che ha questo secolo di cosi fatti ammaestramenti per li padri di famiglia, scrivendo un libro de la Christiana educatione. Ilche egli intendendo, per la molta reverenza et devotione che porta à V. S. Illustrissimo conoscendo che questa era opera di gran carità prese volentieri l'impresa, la quale ha felicemente condotta à fine. Hora trovandosi l'Antoniano questa opera in mano, et (come quello che è humilissimo) non si fidando di se stesso, volse, prima che fusse veduta in publico, che da huomini giuditiosi fusse bene esaminata, fra i quali egli giudicò che Monsignor Reverendissimo di Verona fusse à questo attissimo; percioche gl'era benissimo nota la sua sicura dottrina, conosceva che con la perspicacia del suo ingegno, harebbe potuto benissimo giudicare, quali devessero essere i costumi christiani, et di quali virtù devessero essere istrutti i figliuoli, et come quello che ha molta esperienza ne i governi publici, gli saria stato facile il determinar qual devesse esser la vita d'un Cittadino de la christana Republica, considerò anchora che Monsig. Reverendiss. di Verona, per esser legato con V. S. Illustrissima con un nodo d'una santa amicitia, et per la reverenza che le porta, harebbe hauto il medesimo desiderio di giovar al mondo con questo si efficace mezo. La onde fidato ne la paterna affetione che il Vescovo gl'ha sempre mostrato, si come suole abbracciare, et favorire tutti i letterati et i buoni servi di Dio, gli mandò il trattato fatto da lui, de la educatione christiana, supplicando S. S. Reverendissima che volesse esser contenta prender fatica di scorrer il libro, et poi gli notificasse il parer suo. Ilche fece egli molto cortesemente, et non solo si contentò di leggierlo, ma volse che fusse veduto da persone molto letterate, lequali tutte, conformandosi con l'opinione di S. S. Reverendissima giudicarono l'opera essere utilissima, piena di varia eruditione, di sentenze gravi, d'esempi illustri, scritta con molta perspicuità, et con pietà mirabile, et zelo de l'honor di Dio, et la salute de le anime. Et perche Monsig. Reverendiss. è stato costretto partirsi di Verona, mandato da N. S. a visitare la Chiesa di Padova, et di Vicenza (ritrovandomi io al presente in questa Città con l'obedienza de miei superiori, per alcune honeste, et convenienti occasioni, con animo però quanto prima mi sarà concesso ritornarmene a la mia Provincia Romana, per potere quivi il restante de la vita che mi avanza, homai carica d'anni, servire à Dio) desiderando pure che l'opera si pubblicasse, si contentò di commettermi che io prendesse cura di farla stampare, et insieme che io devesse indrizzarla a V. S. Illustrissima come parto che da lei ha hauto origine, et come frutto de suoi zelanti desiderii. Et io che mi ricordo quanti favori ella mi fece, et quanti segni d'amor mi mostrò quando si degnò chiamarmi à predicar la sua Chiesa, et havendo dipoi chiaramente conosciuto che ella tien memoria viva di me, per la molta devotione che io ho sempre portato à la sua singolar bontà, ha ricevuto questo per segnalato favore, poi che mi si porge occasione di farle reverenza, et con questo mezo ricordarle la mia servitù, et tanto più volentieri l'ho fatto, quanto io ho giudicato queste fatiche de l'Antoniano, devere essere fruttuosissime, et gratissime al mondo, et insieme per obedire et satisfar à Monsig. Reverendiss. di Verona, che per consolatione, et per satisfattione di V. S. Illustriss. et per l'utile che ne verrà a l' anime ha voluto che questa degna opera si mandi in luce.

Scrisse Plutharco de l'educatione de figliuoli un'operetta molto gratiosa, scrisse ancora l'Illustriss. et Reverendissimo Cardinale Sadoleto buona memoria un libro molto elegante, et dotto del medesimo argomento, ma niuno veramente (s'io non m'inganno) ha trattato più copiosamente, ne con più numero di sentenze, ne venuto più al particolare, et a l'insegnar cose più utili, che habbi fatto il componitor di questo libro, ilquale con il sale de la christiana sapienza, ha condita tutta l'opera, riducendola à la prattica, et introdotta ne le case di persone semplici et idiote questa utilissima dottrina, et ha insieme espresso il sugo di tutta la Theologia che riguarda i buoni costumi, detta Theologia prattica ò morale. Et nel medesimo tempo ha facilitato in modo il Catechismo Romano, libro cosi utile, come dotto, et pio, che potrà agevolmente esser gustato et inteso da persone private, et semplici. Di cosi gran benefitio, tutti quelli che leggieranno questo libro, terranno obligo à V.S. Illustriss. la quale spinse l'autore a scriverlo, ilquale l'ha composto, et ordinato con molto giuditio, percioche si vede che và sempre migliorando, et dicendo cose più utili, et più dilettevoli, quanto più se ne và verso il fine. Onde se ben tutto il volume è fruttuosissimo, il terzo libro è cosi dilettevole et utile, che non si può desiderar più, ne si possono insegnare cose più appropriate a la educatione de figliuoli, nelquale ordine, si scuopre l'arte de l'autore, ilquale ha molto ingegnosamente espresso il vero modo di insegnare, incominciando da le cose più universali, come fa nel primo libro, et venendosene poi di mano in mano a le particolari. Et ciò fare è stato à lui proprio, et facile, et per la cognitione varia che ha di molte sorti di lettere et di scienze, per la prattica che ha sempre hauto con persone grandi, et molto più per la sua devotione et pietà christiana, per la innocenza de la vita, et perche egli frequentemente offerisce à Dio sacrifitii, et orationi come buon Sacerdote, onde ha potuto impetrare la gratia di esplicar la verità, di maniera che questo suo trattato, tanto potrà giovare quanto dilettare et tanto dilettare quanto giovare. Al quale si potrebbe molto convenientemente accompagnare quello che scrisse S. Thomaso de la eruditione de Principi, diverso da un'altro che compose del reggimento de Principi. Il quale io ho ridotto in lingua vulgare, percioche Monsig. Reverendissimo di Verona, ha desiderato che sia letto da quelli che son nati Principi, ò vero che deono esser proposti à governi publici, et forse con la gratia di Dio, si potrebbe un giorno dare a la stampa, si come ha voluto che si stampi questo, per utilità de la nobile Città di Venetia sua patria, et per giovamento de' suoi cari Veronesi. Fin tanto adunque che indugiarà, à farsi vedere, degnisi V.S. Illustriss. ricevere questa opera, che io in nome del Reverendo Messer Silvio Antoniano, suo si caro servitore, le offerisco. Et poiche ella con la sua autorità ha dato spirito, et forze a l'autore di fare opera si perfetta, ricevala come cosa sua. Et io in tanto non mancarò (come ciascuno è obligato, et io in particolare di pregare N. Signore Iddio che si degni conservar lungo tempo V.S. Illustriss. per ornamento de la sua Chiesa, accioche si possa servire di si nobile istrumento, come ha fatto et fa continuamente, per indrizzare, et ammaestrare ne la christiana pietà, non solo lo stato ecclesiastico, et secolare di Milano, et di tutta Italia, ma ancora fuor di Italia, et ne le parti dove la catholica verità è impugnata, si come fa al presente, quando per mezo de le sue predicationi, et per l'esempio de la sua vita è stato ne i paesi de Grifoni tanto glorificato il nome di Dio, et esaltata la santa Chiesa Catholica Romana, et restando desiderosiss. di servirla, le bacio con ogni reverenza le mani.

Di Verona il primo di Novemb. M D LXXXIII. Di V.S. Illustriss. et Reverendiss. Humiliss. et devotiss. ser. F. Alessio Figliucci de l'ord. de'Predic.

SILVIO ANTONIANO AI PADRI DI FAMIGLIA SALUTE NEL SIGNORE

Io sono stato astretto dalla autorità, et dal commandamento, di Monsignor Illustriss. Carlo Cardinale di santa Prassede, et Arcivescovo di Milano, à dover io medesimo far cosa, che molte volte ho desiderato, che alcuno più idoneo di me facesse, cioè à scrivere il presente trattato della educatione christiana de i figliuoli, nelquale mi sono ingegnato, secondo la debolezza delle mie forze, mostrar la via di bene, et christianamente allevarli, conformi al timor santo di Dio, et alla norma della sua salutifera legge. Materia, se si considera il fine, et l'intentione ch'io ho havuta, et la maniera che ho tenuta in esplicarla, per avventura più nova, et manco trattata da altri, che forse à prima vista non apparisce, ma certo, materia necessaria, specialmente in questi tempi, et che messa in prattica con la debita diligenza, potrà s'io non m'inganno, arrecare non mediocre giovamento a quei padri di famiglia, che da dovero desiderano allevar bene i proprii figliuoli.

Havendo io adunque con l'aiuto della divina gratia, condotto al fine questo discorso, et dovendo per la medesima obedienza che da principio mi mosse à farlo, acconsentire che esca fuori à voi honorandi padri di famiglia, quale egli si sia, lo offerisco, non come cosa mia, ma più presto come cosa di quel vigilantissimo Pastore di anime, et lume chiarissimo di santa Chiesa, il cui gravissimo giuditio con gran ragione vi deve far credere, non esser cosa leggiera, anzi per contrario esser di grandissimo momento la christiana educatione, per mezzo dellaquale cooperando noi alla gratia, et favor di Dio si allevano buoni fanciulli, et per conseguenza buoni huomini, che è la più eccellente, et la più giovevole di tutte le cose humane.

Et per darvi così in generale alquanto di saggio di tutta l'opera, che maggiore, et più distinto ve lo darà la Tavola de i Capitoli, che segue poco più basso, havete à sapere ch'io l'ho divisa in tre parti principali, overo in tre libri.

Nel primo de i quali si discorre della grande importanza di allevare christianamente i figliuoli, ilche con voce latina, benche assai nota, si è detto educatione. Si ragiona anchora della dignità, et santità de lo stato matrimoniale, che è la pianta per cosi chiamarla, benedetta da Dio, di cui sono proprio, et suavissimo frutto i legitimi figliuoli. Et finalmente si trattano alcun'altre cose, che sono come preparatorii, et dispositioni precedenti alla. buona educatione.

Nel secondo libro, percioche la sustanza della educatione christiana consiste nella cognitione, et osservanza della divina legge, si tratta necessariamente di alcuni capi più principali della nostra santa religione, brevemente però et con facilità, riducendo tuttavia la dottrina alla prattica, acciò il padre veda la mira, dove continuamente ha à riguardare, et secondo laquale deve regolare tutti i suoi studii, nello allevare il figliuolo.

Nel terzo, et ultimo libro, cominciando dalla fanciullezza, et procedendo per le seguenti età, si dimostrano le conditioni, et pericoli di ciascheduna, et si dice quali di tempo, in tempo debbiano essere gli offitii paterni. Et per ultimo si parla de i vari stati, et esercitii lodevoli, della vita commune, accioche vivendo il nostro figliuolo di famiglia, non inutilmente, ma virtuosamente nella patria, et fra gli huomini, possa poi dopo questa breve peregrinatione, più felicemente viver con Dio, et con i santi eletti suoi, nella vera patria celeste.

Ho scritta la presente opera nella nostra volgar lingua, per desiderio di giovar maggiormente à molti, et da questo istesso desiderio, mentre son disceso assai al particulare, et mentre ho cercato non solo d'insegnare, ma di movere, con qualche diletto, è proceduta una certa prolissità, che forse ad alcuni di gusto più delicato, riuscirà men grata; tuttavia si è cercato di dar spesso sollevamento al lettore, con la distinzione de i Capitoli, che per ordinario son brevi, nè doverà parer grave al padre di famiglia, ne i tempi meno occupati, il leggerne à suo diletto hor uno, et hor un'altro, facendo util conserva de i documenti che si danno, per mettergli poi in prattica con giuditio, et discretione, considerate su'l fatto medesimo molte circonstanze che di necessità si rimettono al prudente educatore, alquale niuna cosa sarà difficile, se vorrà prender da dovero l'impresa della educatione christiana; percioche oltra l'aiuto divino, dalquale principalmente depende ogni bene, la istessa prattica gli sarà ottima maestra.

Per tanto io vi prego, honorandi padri di famiglia, à considerare spesse volte, che la più cara, et più pretiosa ricchezza che habbiate, sono i figliuoli vostri, i quali Iddio vi ha dati in guardia, acciò à suo tempo, glieli rendiate, come servi fideli, et buoni negotiatori del talento commesso con frutto, et guadagno spirituale. Ilche se bene assolutamente non è in facultà vostra, potendo un figliuolo etiandio ottimamente allevato, voler esser tristo, tuttavia non è probabile che avvenga, ma quando pur avvenisse per sua propria colpa, il sangue suo sarà sopra il capo suo, et voi liberarete l'anima vostra, et non perderete appresso al giusto giudice la debita mercede. Attendete adunque à voi medesimi, attendete a i vostri figliuoli, et procurate sollecitamente, che per quanto è dal canto vostro, riescano tali, che in questa vita, vi apportino consolatione, et non afflitione, lode, et non biasimo, et nell'altra vi siano materia di maggior corona in Cielo, et non di pena, et cruciato maggiore nello inferno.

Capitolo 1

COME NELLA SANTA CHIESA SONO VARII, ET DIFFERENTI STATI.

David Profeta, ripieno di Spirito Santo, descrive nel Salmo quarantesimo quarto, le nozze de lo sposo celeste Christo Giesù, con la sua diletta sposa santa Chiesa. Et dopo haver cantato altamente della bellezza, della fortezza, et del regno de lo sposo, si volge à narrar le lodi della novella sposa, la qual rappresenta à guisa d'una nobilissima Regina stare alla destra del suo caro consorte, ornata di bellissimi, et ricchissimi abbigliamenti, vestita d'una vesta d'oro, et circondata d'un manto, ricamato di varii fregi, et con sommo artificio contesto di diversi colori di seta et d'oro à maraviglia. Hor questi ricchi fregi et ricami, che adornano la vesta di questa gran Regina, ci adombrano, et figurano la diversità, et vaghezza de i varii stati della santa Chiesa militante, cioè de i vergini, de i continenti, et de i maritati; percioche vi sono alcuni, che rinunciando alle sollecitudini del secolo, et havendo fatto un perfetto holocausto di loro medesimi à Dio, vivono in carne, quasi fuori della carne, una vita più presto angelica che humana; altri poi ligati al giogo matrimoniale, tra le cure familiari, et le molte occupationi della vita civile, come per un turbato mare navigando, si affaticano di pervenire anchor essi al porto della vera quiete. Et benche tra di loro siano questi, et simiglianti stati nella santa Chiesa di differente grado, et dignità, tutti nondimeno son belli, tutti santi, tutti adornano la nobile sposa, et conseguentemente tutti sono grati, et dilettevoli à gli occhi dell'eterno sposo; il quale non si compiace solamente di coloro, che ne i santi chiostri, et ne i monti, et per i boschi si stanno con la bella Rachele, sterile, ma di acuta vista, et di occhi lucenti, contemplando Iddio, ma gode anchora grandemente di vedere la sua diletta, ornata di numerose schiere di huomimi attivi, et operosi, che con Lia, quantunque men bella, nondimeno feconda, si affaticano ne gli esercitii della vita attiva. Et cosi come da molte, et distinte voci, le quali con gran concordia discordano, nasce una dolcissima armonia, et concento, et come da varie, et distinte membra, deputate dalla natura, à diverse, et separate operationi, risulta un corpo solo bellissimo à vedere, utilissimo à conservarsi, attissimo à operare, cosi non altrimenti da tanta varietà di stati, che sono nella santa Chiesa, procede una maravigliosa unione, et se ne forma questo corpo spirituale, di cui è il capo Christo, tanto ordinato, et tanto forte che spaventa l'inferno, tanto leggiadro, et tanto bello, che innamora Dio, et tutto il paradiso.

12

Capitolo 2

CHE IDDIO NON CI HÀ OBLIGATI ALL'ALTEZZA DI ALCUNI STATI.

Et veramente grande è la misericordia di Dio, il quale non hà obligato i servi suoi à dover di necessità eleggere alcuni altissimi stati, ma compatendo alla infirmità et debolezza di molti, hà lasciato libera elettione à ciascuno di appigliarsi à quella maniera di vita che più li piace. Christo Giesù redentore, et maestro nostro, non hà detto ad alcuno sotto obligatione di legge, et di precetto, ma si bene per modo di consiglio evangelico, et di perfettione, và, et vendi ciò che tu hai, et dallo à i poveri, et seguitami. Paolo Apostolo, ragionando de lo stato virginale, afferma non haverne commandamento dal Signore, ma come Legato, et Ambasciator suo, consiglia, persuade, et desidera che tutti siano tali, quale egli era, sciolti dalle cure, et sollecitudini del secolo, et non soggetti alla tribulatione della carne, onde non disse ad alcuno non prender moglie, et non maritar tua figliuola, ma disse solamente eshortando, et invitando al più alto, et più perfetto stato, chi marita la sua vergine zitella fa bene, et chi non la marita fa meglio, se però tale è la volontà della fanciulla, ò del figliuolo di non voler nozze terrene, ma celesti. Adunque molte gratie si debbono rendere al benignissimo Dio padre delle misericordie, ilquale non hà chiusa ad alcuno, ne fatta difficile la via della eterna salute, anzi in molti modi ce l'hà aperta, et spianata, talmente che non solo il povero di volontaria povertà, il religioso, il chierico, il vergine, et il continente, et quelli che per il regno del cielo hanno privati se medesimi della procreatione de i figliuoli, ma il ricco anchora, il laico, et secolare, et finalmente il padre di famiglia, ritenendo le sue ricchezze, et godendo della sua robba, della consorte, de i figliuoli, et de i servitori potrà con la divina gratia haver luogo, et parte nel regno di Dio, et nella beatitudine sempiterna.

Capitolo 3

CHE IN OGNI STATO È NECESSARIO IL TIMOR DI DIO, ET L'OSSERVANZA DE I DIVINI PRECETTI.

Sono adunque, come è detto, questi varii stati, quantunque distinti di perfettione, tutti nondimeno buoni, et accetti à Dio, et ciascuno di loro è via che conduce al paradiso, benche alcuno più espeditamente, alcun'altro com maggior difficultà, et travaglio. Ma non sia però alcuno che inganni se medesimo, et si persuada haver fatto il tutto, eleggendo uno stato di vita, di sua natura lodevole; percioche se nello stato buono non vive bene, et non adempie gli oblighi della sua vocatione, in vano si pregiarà della bontà de lo stato suo; anzi come servo pessimo, et disobediente, che sapeva la volontà del suo signore, et non hà curato di eseguirla, sarà castigato aspramente. Per tanto non creda il maritato, se bene non è ligato con i vincoli della religione, et non si è spogliato delle proprie sustanze, nè dell'uso et potestà della carne, et finalmente non hà privato volontariamente se medesimo della istessa sua volontà, non creda dico di esser per questo sciolto, et libero da ogni obligatione, percioche molti, et maggiori che alcuni non si danno ad intendere sono gli oblighi de i maritati, et specialmente circa l'osservanza inviolabile della fede, et castità coniugale, come si dirà à suo luogo. Non dica adunque alcuno, io non sono nè monaco, nè frate, io non hò fatto nè voto, nè professione di castità, di povertà, ò di obedienza; ma dica più presto, io son Christiano, io nel battesimo hò fatto il gran voto, et la nobile professione di militare sotto il vessillo di Christo crocifisso, et di adempire con la sua divina gratia la sua santissima legge, hò rinontiato solennemente alla tirannide del diavolo, et del mondo, et ho posto il collo sotto il soave giogo della servitù di Giesù Christo. Per tanto colui che con maturo consiglio, come si dirà più basso, havrà eletto la vita, et lo stato matrimoniale, faccia lietamente le sue nozze, ma ci inviti anchor Christo, come fece quel saggio sposo di Cana di Galilea, acciò il grande, et onnipotente hospite converta parimente nella casa sua le acque in vino, possieda i suoi beni, ma con Christo, sia libero, non di libertà di carne, ma di spirito, della qual libertà ci hà liberati Christo, attenda alla generatione de i figliuoli, ma per gloria, et honore di Christo. Et brevemente, sapendo che à ciascuno è detto, et commandato dal sommo legislatore, se vuoi entrare alla vita osserva i commandamenti; cerchi con ogni sollecitudine, et diligenza di sodisfare à gli oblighi suoi, et di bene, et santamente vivere nel santo stato maritale.

Capitolo 4

DELL'OBLIGO DE I PADRI DI ALLEVAR CHRISTIANAMENTE I FIGLIUOLI.

Molti per certo, et non leggieri sono gli oblighi, et offitii d'un padre di famiglia nella cura, et reggimento famigliare, poiche egli in casa sua è quasi un piccolo Rè, à cui si appartiene conservar la pace, et tranquillità domestica, mantener la giustitia, et proveder al nutrimento, et all'altre cose necessarie de' suoi suggetti, et tutto questo con varii rispetti et modi, secondo la varietà delle persone; percioche in altra maniera riguarda la cura, et autorità del padre di famiglia la propria moglie, in altra i figliuoli, et in altra i servitori; hor come si è cominciato à dire, molti, et non lievi sono i sopradetti offitii nel governo della casa, ma senza alcun dubbio una delle maggiori, et più gravi obligationi, è quella che il padre hà verso i figliuoli, cioè di educarli, et allevarli bene, et christianamente. Imperoche l'allevarli solo quanto al corpo, et vita naturale, è commune à noi con gli animali, et la educatione morale, conforme al solo lume della ragione, è parimente commune à noi con le genti che stanno nelle tenebre della infedeltà, et non conoscono la vera via della salute; ma il proprio del christiano, et de i fideli è allevar i figliuoli secondo la regola della legge di Christo, acciò vivendo, et morendo bene, et santamente siano in terra istrumenti di Dio, per benefitio, et aiuto della società humana, et siano in cielo heredi del Regno dell'istesso Dio, dalla cui gratia, et aiuto habbiamo, et di ben vivere, et di ben morire, et di eternamente vivere nella gloria sua, cioè nella eterna fruitione di lui medesimo. Perilche non creda alcuno di far piccol fallo, mentre è negligente nell'offitio del qual parliamo, et mentre non procura sollecitamente di allevar bene i suoi figliuoli, anzi commette gravissimo peccato, et offende in molte maniere se medesimo, i proprii figliuoli, la casa, et descendenza sua, la patria, il genere humano, i santi del Cielo, et finalmente il sommo Dio. Il che acciò meglio s'intenda è da considerare, che il padre il quale trascura di bene allevare il figliuolo, offende primieramente se stesso; percioche il figliuolo è in un certo modo parte et opera sua, la quale rimanendo per sua colpa imperfetta, et difettuosa, ridonda in lui il difetto, et la imperfettione; et è à guisa d'un corpo, le cui membra sono ò tronche, ò secche, et inutili. Offende nel secondo loco gl'istessi figliuoli, à i quali havendo, come istrumento di Dio, dato l'essere, et il vivere, non dà loro il bene essere, che molto più importa. Offende la casa, et lignaggio suo, poiche da' suoi mali figliuoli nasceranno probabilmente peggiori descendenti; onde l'antica nobiltà, che è virtù de i maggiori, à poco à poco si perde, et si chiude il camino di acquistarla col vero mezzo della virtù, et ne vanno le famiglie in ruina. Offende parimente, et fa ingiuria grave alla patria, et alla republica, alla quale era obligato à dar buoni et utili cittadini, che sapessero et volessero aiutarla, et soccorrerla in ogni bisogno, la dove ò gli lascia una generatione disutile, et sciagurata, ò quello ch'è peggio, lascia huomini rei, et perniciosi, che sono come tante facelle per accender mille fuochi di discordia, et di dissensione, et che di altro non godono, che di perturbare et distruggere col lor mal'esempio, et pessime opere la quiete, et pace publica. Ma non si ferma qui il mal frutto del seme della negligenza paterna, anzi procedendo più oltra, è cagione che egli offenda con i cattivi figliuoli tutta la generatione humana, et tutta la communanza de gli huomini, della quale ciascun huomo singolare è una particella; conciosiacosa che la indispositione, et mala qualità d'una parte, quantunque piccola, non è senza nocumento del tutto, et quanto à se questo tal padre distrugge il consortio humano, et riduce il mondo ad un bosco di fiere; poiche, come ben disse un savio, l'huomo ingiusto è peggiore di qual si voglia fiera. Et passando dalla terra al Cielo, quanta offesa commette il padre che non hà bene, et santamente allevati i suoi figliuoli, contra i santi, et gli angeli del paradiso? i quali per sua colpa viene à privare d'una grandissima allegrezza che riceveriano della glorificatione di quelle anime, et della compagnia loro nel cielo, la quale grandemente desiderano. Ma chi basterà mai à dir l'ingiuria gravissima, et inestimabile, che si fa contro à Dio? al qual solo siamo più obligati che à tutte le creature insieme? guai del padre che haverà mal custodito un deposito cosi pretioso datogli da Dio, io dico l'anima del figliuolo, raccomandata alla cura sua sotto pericolo della dannatione eterna. Un deposito, che Iddio tanto stima, che fattosi huomo mortale, per riscuoterlo dalle mani del demonio, il quale per il peccato dell'huomo se l'havea usurpato, hà giudicato per bene speso il prezzo del suo pretiosissimo sangue versato con infinità carità, et con acerbissimi dolori, et morte sopra il tronco della Croce.

Capitolo 5

QUANTO SIA ACCETTA À DIO LA BUONA EDUCATIONE DE I FIGLIUOLI.

Dalle cose dette di sopra si può molto facilmente inferire per la parte opposta, di quanto bene sia cagione, et quanta lode meriti quel buon padre, il quale ricordevole del grande obligo suo, et amando i figliuoli suoi non meno secondo lo spirito, che secondo la carne, invigila sollecitamente nel governo loro, et procura con ogni studio di allevarli bene; questi veramente accumula à se stesso un pretioso tesoro di consolatione, et di merito nella presente vita, et nella futura; questi ricorrà dolcissimi frutti delle sue fatiche, et la memoria sua sarà in benedittione de i posteri; questi accrescerà di vero honore et nobiltà la casa sua, lasciarà alla patria il più caro pegno d'amore che si possa lasciarli; percioche spesse volte avviene che la bontà, et valore d'un Cittadino solo, è la conservatione, et la salute d'una republica intera; et finalmente costui sarà lodato da gli huomini, et premiato da Dio; quindi leggiamo nella sacra scrittura, il gran Patriarca Abramo essere stato spetialmente commendato da Dio in questa parte del bene allevare i figliuoli, quando dovendo Iddio fare l'horribile castigo sopra Sodoma, et Gomorra, disse in questa sentenza: Come potrò io tener celato ad Abramo quello ch'io son per fare? sapendo io che egli non mancherà di commandare à i suoi figliuoli, et à i descendenti suoi dopo di se, che custodiscano la via di Dio, et facciano il giuditio, et la giustitia, acciò si adempiano le promissioni che Iddio hà fatte. Parimente lo Spirito santo non senza cagione, ci ha lasciato scritto quanta fosse la paterna cura, et sollecitudine di Giobbe, timoroso di continuo che i figliuoli suoi non offendessero Dio. Et altri simili esempii si ritrovano nelle divine lettere, da i quali manifestamente si raccoglie, quanto piace à Dio che i figliuoli si allevino santamente, et quanto gli dispiace il contrario.

Capitolo 6

DELLA NEGLIGENZA CHE IN MOLTI SI VEDE CIRCA LA EDUCATIONE CHRISTIANA.

Hor dopo tanti vincoli di legge naturale, humana, et divina, con i quali (come in parte si è dimostrato) ciascun padre è obligato à far ogni diligenza possibile, perche il figliuolo sia buono, et virtuoso; è pur cosa degna di grandissima maraviglia, et di pianto insieme, il veder quanto communemente hoggidì sia negletto questo importantissimo studio della educatione christiana, che à pena da molti se ne sà il nome. Io non nego, che per gratia di Dio, non si ritrovino in tutti i luoghi, et in tutti gli stati, de i padri buoni, et zelanti dell'honor di Dio, et della salute de i figliuoli, che con sollecitudine attendono ad allevarli, nel timor di Dio, et nelle virtù; alla prudenza, et diligenza de i quali non si detrahe per cosa ch'io dica, anzi intendo io di dar loro sempre grandissima lode. Ma di questi il numero è troppo minore di quello che converria nel popolo santo, à cui, come il profeta dice, hà Iddio manifestato i giuditii, et la volontà sua, et che ricercaria cosa di tanto momento, et di tanta conseguenza privata, et publica, quanto è la buona educatione; percioche alcuni padri non vi pensano, nè più nè meno che se à loro non si appertenesse, et come essi sono tutti dediti à gli appetiti sensuali, cosi non solo permettono, anzi si compiacciono di vedervi immersi anchora i miseri figliuoli. Altri alquanto più accurati procurano che i figliuoli siano accorti, et svegliati, et atti alla conservatione, et all'acquisto della robba, siano instrutti nelle lettere, et ornati di una certa apparente creanza cittadinesca, ò come si suol dire da gentil'huomo, et à questi tali par bene di haver fatto gran cosa, et di esser eccellenti maestri di nutrir bene i figliuoli, non facendo gran caso della vera, et solida bontà christiana, ò come poco necessaria, ò come manco principale, et in somma riputata da loro per tale, che crescendo il fanciullo, ne gli anni più maturi, se ne venga in consequenza dopo le cose sudette quasi per se medesima senz'altra industria, che vi si adopri nella tenera fanciullezza; i quali quanto s'ingannino, di dimostrarà più lungamente in più opportuno luogo.

Capitolo 7

CHE PER LO PIÙ SI HA MAGGIOR CURA DE GLI ANIMALI, E DELLE POSSESSIONI, CHE DE I PROPRII FIGLIUOLI.

Ma assai minor cagione di querela ci saria se pur cosi civilmente et moralmente si allevassero bene i figliuoli; percioche tutto quello che il lume della retta ragione ci insegna, quantunque non sia perfetto, è però buono, et giovevole, et può esser ordinato al suo debito fine; ma il peggio è che la maggior parte de' i padri non ci pensa se non superficialmente, et per una stampa, come si suol dire. Nè si può dire che ciò avvenga, perche gli huomini siano rozzi, et materiali, et privi d'intendimento, anzi pur troppo è acuto il nostro secolo, et prudente di prudenza di carne. Ma la cosa stà pur cosi, che d'ogni altra cosa si fa maggior stima da i padri di famiglia, non dico tutti, ma da molti, che del figliuolo proprio, et quando si dice del figliuolo, s'intende dell'anima principalmente, ch'è la migliore et più essential parte di noi stessi, et s'intende in ordine al suo vero, et ultimo fine, ch'è Dio. Si maraviglia et si duole insieme un saggio scrittore, benche gentile, che delle greggie, de gli armenti, de' buoi, et de' cavalli si tenga più cura, et sollecitudine che de gli huomini. Ma con maggior zelo esclama il glorioso padre san Giovan Chrisostomo, come quello che tutto era acceso di carità, et meglio intendeva il gravissimo pregiuditio dell'anime, dolendosi d'un grandissimo inconveniente, et troppo fuori di ragione, che maggior cura s'habbia de i poderi, et delle possessioni, che de i proprii figliuoli, per cagion de i quali le cose sudette s'acquistano, et si conservano. Et chi è che non veda quanta diligenza si usi nelle razze de' cavalli? quanta fatica si faccia per allevarli et domargli, cosi per l'uso della guerra, come per vaghezza, et diletto? veramente è cosa di stupore il considerare il travaglio, et la patienza d'un Cavaliero mentre s'affatica per render docile et obediente ad ogni piccolo movimento della mano, et de lo sprone un'animal cosi feroce, per non dir di coloro i quali per fine d'un leggiero piacere, con molta attentione, et industria ammaestrano cani ed uccelli, instillando loro con l'artificio non so che di humano, et di ragionevole, spogliandoli poco meno della propria fierezza, et rapacità loro naturale. Tanto può la fatica, et la perseveranza, che al fine vince ogni cosa; lascio di dire della cultura de i campi, della mercantia, et de i traffichi, et de i varii esercitii de gli huomini, ne i quali non si perdona nè a travaglio, nè à spesa, nè à pericoli, nè alla salute del proprio corpo, et voglia Iddio, che spesso non sia dell'anima anchora, che s'una particella di quelle vigilie, di quei tanti pensieri, et fatiche si applicasse ad allevar bene un figliuolo, si vederiano effetti mirabili, et troppo meglio ne staria il mondo; ma egli avviene soventemente, che mentre il padre di famiglia và hora per le nevi, et hora per gli ardori del sole procurando, che le possessioni sue siano ben coltivate, lascia in abandono il campo più pretioso, et più fruttifero, cioè l'anima del figliuolo, il quale negletto nella pueritia diviene un bosco pieno di spine, di abominevoli vitii, et peccati. Et mentre il poco accorto padre per accumular robba ai figliuoli và solcando i mari lontani, lascia gli infelici figliuoli in un più tempestoso mare di questi nostri sfrenati affetti, et male inclinationi senza governo, ne reggimento alcuno, onde non è poi maraviglia che seguano giornalmente cosi miserabili naufragii della gioventù come noi vediamo, con gran perturbatione delle cose humane, et divine.

Capitolo 8

COME LE CALAMITÀ DE' NOSTRI TEMPI, INTORNO ALLA RELIGIONE,
HABBIANO IN GRAN PARTE ORIGINE DALLA MALA EDUCATIONE.

Forse parerà ad alcuno che io usi troppa esaggeratione in quello che hora son per dire, ma l'importanza, et gravità della cosa, mi commove à dirne liberamente quello ch'io ne sento. À me pare che le molte calamità, delle quali vediamo pieno il mondo in questi ultimi tempi, et in questa, per cosi chiamarla, decrepità del secolo, habbiano in gran parte origine dalla mala educatione de i figliuoli, perciò che cosi come gli huomini non si fanno, se non dopo essere stati fanciulli, et giovani, cosi ordinariamente parlando, et gli huomini buoni, et gli huomini cattivi, non si fanno se non de i buoni, et de i cattivi fanciulli et giovani; quindi avviene ch'essendo stato alcuno ne gli anni più teneri mal disciplinato et allevatosi senza timor di Dio, et essendosi avvezzo à non ubidire al padre, et alla madre, ma à fare la propria volontà et amare disordinatamente se medesimo, allargando il freno alle carnalità, all'appetito della roba et all'ambitione, và tanto oltra, crescendo con gli anni il mal habito anchora, et per si fatto modo con la robustezza del corpo, si corrobora insieme il vitio in un cuore, che non temendo hormai più ne huomini ne Dio, et essendo l'uso continuato, et il mal habito del peccare à cui non si vuol far resistenza diventato quasi natura, et quasi necessità, finalmente corre senza ritegno alcuno à precipitarsi nel profondo di tutte le abominationi, et di tutte le sceleratezze. Di questi tali come d'instrumenti prepararati ad ogni iniquità fabrica poi il diavolo non solo i seditiosi, et perturbatori della pace commune, rivolgitori delle Città et de i Regni, ma gli heretici, et gli heresiarchi, et quelli che con lo insipiente, et stolto di cui ragiona il Salmista, dicono nel cuor suo, non ci è Dio. In questo modo son nate le divisioni et le heresie nella Santa Chiesa, come facilmente si potria provare per infiniti esempii, cioè che alcuni huomini superbi, et ambitiosi ò per sdegno et impacienza di haver havuto repulsa da alcuno honore, et dignità, ò per non sapersi contener dentro i termini della vita privata, et per desiderio di dominare, et di haver seguaci per farsi nominar per il mondo, e mancando loro i veri mezzi della virtù, alzano per più facilmente pervenire a i pessimi fini loro, lo stendardo di qualche ò nova, ò vecchia heresia, ritrovata et ravvivata dalle ceneri sepolte nell'inferno et colà traggono poi, et si ragunano tutti quelli che hanno la medesima natura, et dispositione; et questi vasi del diavolo ministri di perditione, tanto sono più pernitiosi quanto con la vita vitiosa et lorda si congiunge qualche acutezza d'ingegno, qualche cognitione di litere, et quella scienza ch'essendo come dice l'Apostolo priva di carità non edifica, ma gonfia, et fa insuperbire altrui, et ciò avviene molto più, se ci è lingua, et eloquenza per ragionare et per scrivere, che questo è appunto il soffione et il mantice che accende ogni gran fuoco di discordia et di seditione. In somma non si perviene facilmente à cosi grande estremo di peccato come è il separarsi dalla Santa Chiesa Catholica et Apostolica se non dopo un lungo habito di peccare et questo si fà con molti atti, et lunga successione di tempo, cominciando à poco à poco nell'età più verde nella quale se non si estirpano le prime radici del vitio diventa il senso tanto potente, che la forza della immoderata passione accieca quasi l'intelletto, et vengono gli huomini à tanto furore et horribile cecità che non contenti di peccare, vogliono che il peccato loro sia reputato virtù, et le impurissime libidini et mille altre sceleratezze siano adorate per cose sante, et come tali per quanto è in loro, le pongono à sedere nel tempio di Dio, dogmatizzando nella cathedra della pestilenza errori cosi abominevoli, et nella fede, et nei costumi, che non solo le divine scritture, il conseso de i padri, et la autorità di Santa Chiesa, ma il lume istesso della ragione li detesta, et li condanna.

Capitolo 9

COME MOLTI DISORDINI, ET PERTURBATIONI DI STATI, SONO AVVENUTI PER LA MEDESIMA CAGIONE.

Parimente chi vorrà considerare quali siano stati coloro che hanno sollevati i popoli, commosse ribellioni, et messo sottosopra le Città et le Provintie, trovarà che nella età puerile, et mentre erano giovanetti sono stati dissoluti in ogni sorte di peccato, involti nel vitio della gola, della lussuria, e del giuoco, et nelle soperchie spese per satiare i loro sfrenati appetiti, per il che facendo con gl'anni tuttavia maggiore il fuoco della concupiscenza et mancando la roba che lo fomenta, cominciano à desiderare mutatione di stato et cose nuove, per cio che come non hanno saputo conservare le facultà proprie cosi non dà loro il cuore di guadagnarne per le vie licite, non essendo avvezzi all'arti della pace, nè volendo la fatica, come quelli che da i primi anni sono nutriti nello otio et nei piaceri carnali per il che giudicando la pace commune, per guerra propria, non sapendo come potersi sviluppare da i debiti, ne come supplire alle larghe, et profuse spese, si gettano come disperati nelle onde di qualunque scelerata deliberatione. Et altri di loro si danno à furare occultamente nelle Città altri diventano publici ladroni ne i boschi, et altri ordiscono tradimenti contra i principi, et revolutioni di governo, massime quelli che sono nobilmente nati, et soliti à vivere agiatamente, et à nutrire molti servitori, et cani, et adulatori, et gente scioperata, questi impatienti della povertà, anzi della mediocrità, prodighi del proprio, et avidi di quel d'altri, stimolati anchora dall'ambitione stimolo potentissimo, si risolvono à voltare il ferro nelle viscere della patria che gli ha generati, sperando nelle tempeste, et nella ruina de gli altri, trovare la tranquillità, et lo stabilimento loro, et se altrimenti non vien loro fatto di adempire i pessimi disegni, si coprono del mantello del ben publico, et si nascondono sotto lo scudo della religione ingannando con nomi spetiosi il semplice popolazzo; per tanto si vede che favoriscono le heresie, et diventano heretici essi medesimi, benche veramente il più delle volte sono più presto ambitiosi, et seditiosi, et inobedienti, et rebelli, che heretici, poi che il fin loro non è tanto quello che debbiano credere, di che nulla, ò poco si curano, quanto di dominare, et di non essere soggetti nè à legge, nè à potestà legitima alcuna.

Capitolo 10

COME PRUDENTEMENTE FANNO I SUPERIORI TENENDO PARTICULAR CURA DELLA BUONA EDUCATIONE DE I FANCIULLI.

Penso essersi dimostrato à bastanza, che i molti mali che perturbano in tanta maniere l'afflitta Republica Christiana hanno havuto, et hanno in buona parte origine dalla negligenza di allevare bene i figliuoli, et privata, et publica. Per il che con molta ragione potiamo dire, che non meno prudentemente, che pietosamente fanno quei Prencipi et Superiori, i quali tengono l'occhio molto aperto, et si prendono una cura speciale, che li piccoli figliuoli, et la gioventù si allevi bene, et ne gli esercitii de la virtù, et introducono nelle Città loro huomini religiosi, et santi, et fanno altri simili provedimenti per questo tanto importante rispetto; dove altrimenti facendosi, et la ragione lo persuade, et l'esperienza pur troppo chiaramente per antichi et per novelli esempi ce lo dimostra, che s'un animo altiero non è frenato dal timor di Dio, molto meno è frenato dal timor delle leggi, et chi non ha cura di rompere la fede data à Dio, et alla Chiesa nel battesimo, non curarà di romper la fede data al suo principe; et per dirlo in una parola la mutatione de gli stati, et de i reggimenti và quasi necessariuamente dietro la mutatione della religione, et dove si vive licentiosamente, et dove gli huomini sono carnali, ambitiosi, irreverenti à Dio, et dediti à i peccati, ci è una grande et assai propinqua dispositione di accettare, quando ne venisse l'opportunità, la mutatione della religione. Et per tanto chi vuol prohibire cosi perniciosi frutti, conviene à buon'hora recidere la prima radice della mala educatione ne i primi anni, onde germogliano per il più tutti i peccati, et disordini delle età seguenti.

Capitolo 11

CHE NON È STATO SUPERFLUO LO SCRIVERE LA PRESENTE OPERA.

Niuno, credo io, che voglia considerare le cose dette sino à qui, negarà, che il bene allevare i figliuoli sia cosa importantissima, et per publici, et per privati rispetti. Ma forse vi saranno di quelli, che riputaranno essere stata fatica superflua, lo scrivere il presente libro, percioche diranno che ne i libri de gli antichi filosofi, cosi Greci, come Latini, et ne gli istessi poeti vi sono sparsi precetti sufficienti, per il governo di ciascheduna età, et che non mancano autori, i quali non solo incidentemente, ma di proposito hanno trattato della educatione, et fra gli altri non è anchor gran tempo, esservi stato huomo di eccellente ingegno, et dottrina, il quale in lingua Fiorentina ha scritto un piacevole libretto circa la buona creanza de i fanciulli. Ilche quantunque io consenta esser vero, ho pensato nondimeno restare anchora assai largo campo di scrivere utilmente in questo suggetto, et ho creduto esser opera degna di pregio, di tentare quello che far potesse; et tanto più che il modo ilquale io sono per tenere sarà, s'io non m'inganno, assai differente da quello di molt'altri; conciosia che il fine di questo libro non sarà di scrivere simplicemente della educatione politica, in quanto ella ha riguardo alla felicità humana, considerata da i filosofi, ma sarà più presto di scrivere della educatione christiana, la quale è ordinata, et diretta alla somma, et perfetta felicità celeste. La onde in questo trattato il fanciullo verrà più principalmente in consideratione, come christiano, che come huomo, et animal sociabile, et più come appartenente alla Città di Dio, che come cittadino, et parte di republica terrena, se bene anco à questo si haverà il suo debito riguardo; basta per hora, che in questa maniera i filosofi gentili non hanno trattato, nè potuto trattare dell'educatione; da i vestigii de i quali alcuni de i nostri moderni non si sono molto discostati.

Et benche ne gli antichi padri, chiari per dottrina, et per santità, si leggano molte cose notabili di simigliante materia, nondimeno sono sparse, et quasi nascoste in varii luoghi, et non essendo ridotte insieme, sott ordine certo, et distinto, non se ne viene à raccorre tutto il giovamento che converria, et forse di più, non sono cosi accomodate alla capacità di molti, si come io intendo di fare, havendomi proposto di scrivere, generalmente parlando, per gli huomini più communi, et popolari, à i quali fa maggior bisogno di instruttione, et il numero de i quali senza dubbio è molto maggiore, che non è de i molto intendenti.

Per tanto crederò dover'essere almeno escusato, se per buona intentione di giovare, mi condurrò non di rado à cose particularissime, sapendo che alle operationi humane, che consistono nel particulare, maggior giovamento arrecano i documenti particulari, che le regole universali, se ben forse queste apportano una certa maggior dignità à chi scrive. Ma come si sia, io reputo espediente à chi ragiona di bene allevare i figliuoli, lo abbassarsi etiandio alle cose minime, se veramente elle possono essere mezzo per condurre all'acquisto d'un alto fine.

Et se quel valente scrittore Fiorentino, di cui toccai poco di sopra, ha potuto non solo senza riprensione, ma con sua lode, tessere il suo libro di ricordi molto minuti, per formare un giovanetto nella sola creanza, et costumatezza civile, molto più, s'io non erro, doverà esser lecito à me, che non pretendo introdurre solamente ne i fanciulli il decoro seteriore, quale si richiede nella conversazione commune, ma molto più la compositione interiore, et la solida virtù, col mezzo della buona educatione, et disciplina christiana.

Capitolo 12

DELLE RAGIONI CHE PERSUADONO À DOVER IN PRIMA TRATTARE DELLA DIGNITÀ, ET SANTITÀ DEL MATRIMONIO.

Dovendo adunque, quanto la divina gratia ci concederà, mostrare il modo di allevare christianamente i figliuoli, nati di matrimonio parimente christiano, mi sovviene di quel detto di santo Agustino, che i figliuoli sono frutto del matrimonio, si come questo istesso nome ci dichiara, maritandosi la donna per divenir madre. Et se il buon frutto nasce, secondo il proverbio del Salvatore, dal buon albero, non sarà fuori di ragione il dire, che anchora i buoni figliuoli si devono per il più aspettare da un buono, et santo matrimonio; non già che ciò sia assolutamente necessario, vedendosi non di rado da buoni padri nascer cattivi figliuoli, et per lo contrario, ma si parla probabilmente, et come più communemente suole avvenire. Per tanto mi è parso non inconveniente incominciare la nostra educatione dal suo primo principio, cioè dalla eccellenza, et santità dello stato matrimoniale, esponendo in parte quali debbiano essere i matrimonii christiani, poi che ciascheduno confessa, che in ogni cosa il buon principio è di grandissimo momento, et sopra il fondamento, per cosi dire, d'un buon matrimonio, s'appoggia in gran parte la speranza della felice generatione, et santa educatione di quei figliuoli, che hora prendiamo ad allevare.

Et se ad alcuno forse parerà, che io mi dilati troppo in questa materia, che non è la principale, io prego il benigno lettore ad haver consideratione, che à me si apparteneva, quasi di necessità, in tre luoghi di quest'opera, parlar del matrimonio.

Il primo è questo dove hora siamo per la stretta congiuntione che si trova tra i figliuoli, et il matrimonio, come tra cagione et effetto, et per esser questa, come si è toccato, la prima base, et il fondamento di tutto il nostro edifitio.

Il secondo luogo era nel secondo libro, dove ragionandosi, per le cagioni dette à suo luogo, di tutti i sette Sacramenti di santa Chiesa, anchor di questo, che è uno di quel numero, ci conveniva alquanto di ragionare.

Ultimamente nel terzo libro, dopo haver condotto il nostro figliuolo all'età di pigliar moglie, non si poteva tralasciare di dire alcune cose pertinenti à quella cosi importante deliberatione, et à gli offitii coniugali tra marito et moglie. La onde io ho reputato non essere cosa disdicevole, il raccogliere, invitandoci buona occasione, in un luogo solo tutto il discorso. Il che fo io tanto più volentieri, quanto più si vede, se vero dir vogliamo, che una delle cose, per lo più poco intesa, et meno considerata nel popolo fidele, è la santità del matrimonio, del quale non però intendo io di voler trattare sottilmente, ma quanto basta al nostro proposito, più presto moralmente, che dottrinalmente, et con brevità, rimettendo il resto à i proprii libri et trattati, dove largamente, et con più solidi fondamenti s'insegna la natura del matrimonio, et le conditioni, et effetti suoi.

Capitolo 13

DELLA ORIGINE, ET INSTITUTIONE DEL MATRIMONIO, COME OFFITIO NATURALE.

Dico per tanto che il matrimonio il quale è una congiuntione maritale, et legitima dell'huomo, et della donna annodata con si stretto ligame, ch'è indissolubile, et contiene una consuetudine, et communicatione individua, et inseparabile di tutta la vita, il matrimonio dico, non è stato introdotto per inventione, non per legge humana, ma per dispositione della natura, et di Dio autore della natura; il quale lo instituì nello stato dell'innocenza, avanti che Adamo nostro primo padre peccasse; percioche come si legge nelle sacre littere havendo Iddio creato il primo huomo, non volse che fosse solo, ma che havesse uno aiuto, et una compagnia simigliante à lui, per ilche havendolo addormentato con un profondo sonno, gli trasse dal lato una costa, et la formò con la omnipotenza sua, in una vera donna, laquale fu la nostra prima madre Eva. Et havendola condotta ad Adamo, gliela diede per compagna, et per moglie, et benedisse ambedue dicendo, crescete, et moltiplicate; allhora Adamo ricevendola per sua, secondo il comandamento di Dio, parlò con alto sentimento in questa maniera: costei è osso delle ossa mie, et carne della carne mia, costei si chiamarà huomo perch'è tratta dall'huomo, per ilche lasciarà l'huomo il padre suo, et la madre, et si starà congiunto con la propria moglie, et saranno due in una carne. In sin qui son parole d'Adamo. Grande adunque è la eccellenza et la dignità del matrimonio poiche la origine, et institutione sua è da Dio, sino dal principio del mondo nello stato felice dell'innocenza, et giustitia originale, nellaquale se havessero perseverato i nostri primi padri, tutti i figliuoli, et nepoti loro sariano stati santi et giusti. Et non solo Iddio hà instituito il matrimonio, ma egli stesso lo strinse di quel nodo indissolubile, del quale habbiamo detto di sopra, si come manifestamente ci insegnò nell'evangelio il Salvator nostro con quelle parole: quello ch'Iddio ha congiunto, l'huomo non separi.

Capitolo 14

CHE IL MATRIMONIO CHRISTIANO NON SOLO È OFFITIO NATURALE,
MA È SACRAMENTO DELLA NOVA LEGGE.

Fu adunque come è detto il matrimonio instituito da Dio come offitio di natura, per la propagatione del genere humano, di qui avviene che il matrimonio, etiandio considerato in quanto egli è opera di natura, et una congiuntione et compagnia dell'un sesso con l'altro, alla quale l'instinto naturale per se stesso invita, come tale dico, fu sempre reputato cosa in un certo modo sacrosanta, et degna di gran veneratione, et rispetto, et questo non solo dopo la legge data da Dio per Moise, ma prima anchora, et non solo appresso a i Giudei, ma appresso le genti, se bene non ha dubbio che i matrimonii de i S. Patriarchi antichi, et del popolo Hebreo erano pieni di maggior santità, et si facevano et osservavano con molto maggiore religione. Hora è da sapere, che il matrimonio christiano non è solo offitio di natura, come anticamente era, ma di più è sacramento della nova legge, instituito da Christo Giesù maestro, et Salvator nostro, et per dirlo più chiaramente è uno dei sette sacramenti della legge Evangelica, verace et propriamente come gli altri sono; et in somma è una di quelle sette fontane, et di quei sette canali d'oro, per i quali si communica all'anima che non pone impedimento, la divina gratia, et la virtù et efficacia della passione et meriti di Christo. Nè fa mestieri in questo luogo provar con molti argomenti la verità di questa dottrina, la quale è stata pienamente provata da i sacri Theologi, et Concilii, et ultimamente, dal santo Concilio di Trento. Bastici l'autorità di san Paolo, il quale scrivendo à gli Ephesi chiama il matrimonio, sacramento magno in Christo, et nella Chiesa, percioche significa l'unione di Christo con la santa Chiesa sua sposa, et conferisce special gratia, et virtù, acciò l'offitio coniugale bene et santamente possa esercitarsi, come diremo più basso, cosi ci hà insegnato, et ci insegna la santa Chiesa Catholica Romana madre nostra, colonna, et fermezza di verità, et questo basta a i veri Christiani figliuoli di santa Chiesa, a i quali, et per i quali al presente si scrive.

Capitolo 15

DELLA GRANDE DIGNITÀ DEL MATRIMONIO IN QUANTO EGLI È SACRAMENTO.

Dicono i Dottori santi, che la gratia non distrugge la natura, anzi gli da perfettione et complimento, per ilche il matrimonio in quanto è sacramento non perde quelle prerogative, et beni che gli convengono in quanto è opera di natura, anzi ne acquista de gli altri, et quelli stessi ornamenti, che prima haveva, diventano per il sacramento più perfetti, et, per cosi dire, di miglior lega, come per esempio conseguita al matrimonio etiandio naturalmente, che sia un congiungimento tale, che non si scioglia se non per morte, che sia una compagnia di due fidelissimi compagni, marito, et moglie, à i quali è commune l'habitatione, il vivere, le sustanze, il generare legitimamente, et allevare i figliuoli, le cose prospere, et le adverse di questa vita, l'aiutarsi l'un l'altro con sommo amore in tutti i bisogni, et altre cose simiglianti. Hor tutti questi commodi, et frutti, in maggiore et più perfetto grado ha il matrimonio, in quanto è sacramento della legge evangelica; percioche questo venerabile sacramento non solo significa, ma contiene, et opera efficacemente nell'anima, che non pone ostacolo, una particular gratia, la quale santifica il marito et la moglie, fa perfetto quel naturale amore ch'è tra loro, et conferma la indissolubile unione del matrimonio; et come dice S. Bonaventura, solleva dalla corrutione inordinata della concupiscenza; percioche dalla gratia di questo istesso sacramento nasce un dolce vincolo di carità, che lega suavemente gli animi d'ambedue i consorti, accioche si amino insieme con santo et cordiale affetto, si che l'uno non si fastidisca dell'altro; et niuno di loro cerchi amori estranii et illeciti, et non macchi il casto letto maritale, al quale quanta riverenza si debbia dimostrò l'Apostolo con quelle gravissime parole, quando scrivendo à gli Hebrei disse: Sia in ogni cosa il coniugio riverito et pieno d'honore, et il toro ò vero letto sia immaculato. Queste et altre gratie, et doni conferisce il matrimonio, come sacramento instituito da Christo nostro Signore, il quale con la sua benedetta passione ce gli ha acquistati, et meritati, si come ci insegna il sacro Concilio di Trento.

Capitolo 16

DE I TRE BENI DEL MATRIMONIO, ET PRIMA DELLA PROLE.

Et perche meglio anchora s'intenda la dignità del matrimonio christiano, seguitarò di dire, che i santi Dottori hanno ridotti a tre capi i beni et frutti di esso, et sono questi, prole, fede, et sacramento. Gran bene è stato sempre nel matrimonio la prole, cioè i figliuoli, che si conseguiscono di legitima moglie, et che dalle leggi, lequali in ogni cosa grandemente li favoriscono, sono chiamati figliuoli nati di giusto matrimonio; ma questo bene è tanto maggiore nel matrimonio christiano, quanto il suo fine in questa parte è più alto et più nobile, imperoche il matrimonio in quanto è congiuntione naturale, ha riguardo alla propagatione et multiplicatione del genere humano, et in ciascuno huomo particulare, ha riguardo di generar un'altro simigliante à se, conforme all'appetito naturale, per il quale ciascuna cosa quanto può desidera conservarsi, et perpetuarsi; il che non si potendo naturalmente asseguire nello individuo, si asseguisce in un certo modo nella conservatione della specie, per mezzo della generatione, il che è commune anchora à gli animali senza ragione; ma l'huomo come animal sociabilissimo, et civile, considera di più nella sua congiuntione altri più perfetti fini, come per esempio, la conservatione della famiglia, et della patria, et altri simili, che tutti però sono ò naturali, ò civili. Ma il matrimonio della nuova legge è inalzato à tanta dignità, che principalmente è instituito per generare, et multiplicare il genere eletto, la gente santa, il popolo di Dio, acquistato col prezzo inestimabile del suo sangue; col quale lavati, et mondati i piccoli fanciulli nelle acque del santo Battesimo, sono inseriti nel corpo della santa Chiesa, et sono fatti vive membra di Christo, à fine che perseverando nella fede, et nel culto del vero Iddio, et nella osservanza de i suoi commandamenti, riempiano non solo la terra, nella quale stiamo à guisa di forastieri, et peregrini, ma molto più il Cielo, che è la nostra vera patria, et il termine, et la quiete di questo breve et faticoso viaggio. Et quantunque i santi padri dello antico testamento havessero nel maritarsi questa principale intentione di haver figliuoli, che fossero cultori del vero Dio, et si conservasse quel popolo, dal quale havea à nascer il seme, in cui si doveano benedir tutte le genti, nondimeno et i matrimonii loro non erano vero sacramento, come i nostri sono, et ogni bene che ne i loro matrimonii si ritrovava, è tanto più perfettamante ne i nostri, quanto più perfetta è la gratia, et la verità, che la legge, et le ombre, et quanto più perfetto senza comparatione è lo stato della santa Chiesa, diffusa per tutte le genti, che non era quello della antica, et angusta sinagoga.

Capitolo 17

DEL SECONDO BENE CHIAMATO FEDE.

Il secondo bene è chiamato Fede, cioè quella fideltà ch'è tra il marito, et la moglie, i quali havendo dato scambievolmente l'uno à l'altro la potestà del proprio corpo, conservano inviolabilmente la fede maritale, non dando potestà di se medesimi ad alcuno, poiche in questa parte non sono suoi, ma d'altrui, si come ben dice l'Apostolo, il marito non ha potestà del suo corpo, ma la sua moglie, et la moglie non ha potestà del suo corpo, ma il marito. Et è tanto necessario questo bene del matrimonio che senza di lui ogni altro bene del matrimonio, ò si distrugge, ò resta offeso grandemente. Molte cose si potrebbono dire in questo luogo contra coloro i quali mancando alla fede data, et alla strettissima obligatione del vincolo coniugale, in dispregio del sacramento santo, et della legge di Dio, contra il debito della giustitia, con offesa et grandissima ingiuria del prossimo et consorte, con pregiudicio de i figliuoli, et della patria, et finalmente in ruina et dannatione dell'anima propria, commettono adulterio, peccato tanto grave nel cospetto di Dio, tanto aborrito dalle humane, et divine leggi, che io non ho parole bastanti per esplicarlo. Onde è hora grandemente da piangere, che in questi nostri calamitosi tempi sia già divenuto tanto ordinario questo peccato, che molti lo prendono à giuoco, et poco meno sfacciatamente se ne gloriano, i quali con la durezza, et impenitenza del cuor loro tesaurizano, per usar le parole di san Paolo, at accumulano contra se stessi ira et vendetta nel giorno del giusto, et tremendo giudicio di Dio. Quindi poi non deve parere maraviglia se in una casa, dove si commette cosi grave offesa contra il santo matrimonio, abondano poi tante dissensioni et calamità, quante tutto il giorno vediamo. Et quello che fa al proposito nostro maggiormente, et che ci conduce à ragionar delle cose sopradette, non è maraviglia, che matrimonii tali, per giusto giuditio di Dio, siano spesse volte poco felici, et nella generatione, et nella educatione de i figliuoli; percioche dove non è l'osservanza della fede maritale, non vi può essere nè amore, nè carità, nè pace, nè Dio, nè alcuno intiero bene.

Capitolo 18

DEL TERZO BENE CHIAMATO SACRAMENTO.

Ma quanto cordiale, et sviscerato amore debbia essere tra i due consorti congiunti in matrimonio, et di più quanto santo, quanto casto, et puro, et più presto divino che humano, lo dimostra il terzo bene del matrimonio chiamato sacramento; percioche il matrimonio in quanto sacramento è un sacro, et venerando segno, ilquale significa la strettissima et santissima congiuntione di Giesù Christo Signore, et Salvator nostro con la Santa Chiesa sua carissima, et castissima sposa, dalla quale si come Christo giamai non si disgiunge, anzi perpetuamente con saldissimo nodo di carità è unito con lei, cosi il vincolo maritale per la virtù di questo sacramento, non si può sligare, nè dissolvere giamai mentre i due sposi vivono, etiandio che per alcuna grave cagione, per giudicio ecclesiastico, la cohabitatione tra loro si separasse. Hor se questo alto misterio fosse con attentione, et spesse volte considerato da coloro che vogliono contrarre, o si trovano haver contratto matrimonio, intenderiano à pieno quali debbiano esser i matrimonii christiani, et quali siano gli oblighi, et gli offitii debiti tra marito, et moglie, et quale unione, et dilettione convenga esser tra di loro. Ilche non mi sarà grave di esplicar alquanto più in particolare, poiche una gran dispositione di ottener figliuoli da Dio, et di bene allevargli, come altrove si è toccato, consiste nel gettar bene i fondamenti d'un santo matrimonio, aprendo la porta alla gratia che Iddio vuol dare per questo effetto principalmente.

Capitolo 19

QUANTE UTILI CONSIDERATIONI SI CAVINO DALLA UNIONE DI CHRISTO CON LA CHIESA, RIPRESENTATA NEL MATRIMONIO HUMANO.

Adunque per considerare alcuna cosa delle molte che si potriano in questo particulare, dico che quelli che vogliono maritarsi, ò sono già maritati, devono pensare attentamente, che non trattano di fare, o non han fatto una attione commune, et ordinaria et meramente humana, come tutto 'l giorno avviene ne gli altri contratti, et commertii de gli huomini, ma più presto un'opra piena di santità, et di altissimo misterio, poiche Christo Signor nostro vero Iddio et vero huomo, hà voluto dichiararci la divina et strettissima unione, et l'inestimabile amore che è tra lui, et la Chiesa, con la santa congiuntione maritale dell'huomo , et della donna. Onde con gran ragione disse l'Apostolo quelle parole, che già un'altra volta habbiamo allegate, cioè, questo sacramento è grande, ma io dico in Christo, et nella Chiesa, di maniera che l'huomo è assimigliato à Christo, et la donna alla Chiesa, et come Christo è capo della Chiesa, così l'huomo è capo della donna, la Chiesa è corpo, et carne di Christo, et la donna è carne et corpo del marito, et di Christo et della Chiesa, et del marito et della moglie, s'intende quella sentenza, saranno due in una carne. Hor se noi consideriamo quale amore porta Christo alla Chiesa, et reciprocamente la Chiesa à Christo, et come insieme lo ami, et riverisca con un santo timore amoroso, et affettuoso, come solo desideri piacere à gli occhi de lo sposo suo, come fugga gli impudichi et falsi amatori, et non admetta pur la voce, et lo sguardo de gli alieni, come sia feconda nella procreatione de i figliuoli spirituali, come sia sollecita in ammaestrarli et allevarli bene, come sempre sia concorde con lo sposo suo et d'uno istesso volere, et disvolere in tutte le cose; da queste dico, et altre si fatte consideratdioni facilmente si può venire in cognitione quali debbiano essere i diportamenti del marito verso la moglie, et allo incontro quelli della moglie verso il marito. Questo ci dimostra l'Apostolo S. Paolo ilquale in molti luoghi delle sue divine Epistole, ammonendo i mariti, et le mogli de gli offitii loro, acciò possano fare bene, et beatamente vivere nello stato et vocatione matrimoniale, và formando i suoi precetti, et eshortationi, da questa regola, et norma delle nozze celesti di Christo, et di Santa Chiesa, percioche volendo mostrare l'amor grande, et pieno di casto affetto che devono portar i mariti alle care mogli, dice in un luogo cosi:Mariti amate le vostre mogli si come Christo hà amato la Chiesa, et ha dato, et offerto se stesso per lei, nelqual luogo l'Apostolo intende della oblatione alla morte, quando il Salvatore sospinto da eccessivo, et ardentissimo amore, sotenne passione acerbissima della croce, per mondare et santificare la Chiesa, et riempirla d'honore, et di gloria. Et nell'istesso luogo poco più basso dice in questa maniera: I mariti devono amare le mogli loro, come corpi suoi proprii, chi ama la moglie sua, ama se stesso, niuno giamai hebbe in odio la carne sua, ma la nutrisce, et fomenta, si come fa Christo verso la Chiesa; perche noi siamo membra del corpo suo, et della carne, et delle ossa sue, et quello che segue, applicando, et comparando le nozze celesti, et le terrene. Et con la medesima similitudine ragiona anchora di quello che alle donne appartiene in questa forma: Le donne siano soggette à i mariti loro, come al Signore, imperoche l'huomo et marito è capo della donna, et moglie, si come Christo è capo della Chiesa, et egli è salvatore del corpo, cioè di essa Chiesa, laquale è suo corpo. Onde segue l'Apostolo, così come la Chiesa è soggetta à Christo, così le mogli siano a i suoi mariti. Et nel fine di quel. dopo lungo discorso, conclude con quelle parole già più di una volte allegate, questo sacramento è grande, io dico in Christo, et nella Chiesa, et soggiunge, ciascuno ami la moglie sua come se stesso, et la moglie tema, et riverisca il marito.

Capitolo 20

EPILOGO OVERO RACCOLTA DELLE UTILITÀ RINCHIUSE NELLA
SIGNIFICATIONE DEL MATRIMONIO.

Concludiamo per tanto che non si può esprimere à bastanza, quanto grande, et quanto santo deve essere l'amore de lo sposo, et de la sposa, poi che rappresenta il santissimo, et ferventissimo amor di Christo con la Chiesa; quindi anchora si comprende qual riverenza, et rispetto debbia esser quello della moglie verso il marito, quanta fede commune d'ambedue, et quanta custodia del letto maritale; talmente che niuna quantunque piccola macchia di impudicitia lo contamini giamai, quanto pudichi, et verecundi debbiano essere gli amplessi matrimoniali, quanta pace, et concordia in tutte le cose, giuntamente con una amorevole communicatione di tutti i segreti domestici, et delle sostanze, et facultà, togliendo via gli odiosi nomi tuo, et mio, i quali in tanta unione non devono haver luogo. Oltra di questo, quella prontezza et carità grande, che si richiede tra due consorti in sovvenirsi l'un l'altro nelle necessità, un dolere, et goder commune non regolato da proprio interesse, ma da sincero amore. Et in somma chi andarà ben discorrendo trovarà che tutti i beni, tutti i frutti, tutti i debiti, et offitii del matrimonio si contengono in questa divina rappresentatione della congiuntione di Christo con la Chiesa. Et per tanto devono i maritati spesse volte ridurlasi à mente, sì per conoscer meglio gli oblighi proprii, sì anchora per ricever di continuo con questa santa meditatione nova gratia, et virtù da Dio di poterli adempire. Ma due cose particularmente, che più da vicino appertengono al presente nostro proposito ci dimostra questo misterioso sacramento; l'una che il desiderio di ottener figliuoli ha da esser principalmente per farli buoni à gloria di Dio. Et in questo deve reputarsi felice la fecondità materna, si come la santa Chiesa fecondata dalla divina gratia del suo celeste sposo, gli genera ogni giorno d'acqua, et di spirito nel santo Battesimo numerose schiere di bellissimi, et santissimi figliuoli. L'altra cosa è, che chiunque vuol porre il capo sotto il giogo matrimoniale, può et deve dalle nozze di Christo imparare quale debbia essere il matrimonio christiano, et con quale intentione, per quai rispetti, con quali mezzi, et à che fine convenga esser contratto da ambedue i contrahenti, et quanto accuratamente si debbia avvertire di non vi commetter cosa che offenda gli occhi, et la santità di colui, le cui purissime, et divinissime nozze, nel sacramento di queste humane si rappresentano, si come alquanto più distintamente mi pare dover dimostrare.

Capitolo 21

QUALI DEBBIANO ESSERE I MATRIMONII CHRISTIANI, ET DELLA MATURA DELIBERATIONE DI CONTRAHERLI.

È cosa manifesta, che in qual si voglia deliberatione et attione di momento, che l'huomo prudente et christiano pretenda di fare, non solo deve proceder maturamente, et con molto consiglio, come anchora i savii del mondo han conosciuto doversi fare, ma nel primo luogo ha da proporsi avanti gli occhi, la gloria di Dio, et la salute dell'anima sua, et questo è più presto un sol fine, che due, conciosia che et noi stessi, et la salute nostra debbiamo amare principalmente in Dio, et per gloria di Dio, per modo tale, che dove si pregiudichi à questo fine del bene dell'anima, et dell'honor di Dio, non ci è appresso del christiano luogo di deliberatione, essendo sempre vero il detto della somma verità: quam dabit homo commutationem pro anima sua? volendo dire che niuna cosa è in questo mondo di tanto valore, in cui cambio debbia l'huomo dare la pretiosa anima sua. Hor se et con retta intentione, et con maturo consiglio si deve entrare in qualunque impresa, etiandio che si estenda à breve spatio di tempo, quanto maggiormente questo si richiederà nel ligarsi à matrimonio? attione tanto grande, et che fatta una sol volta ha à continuar per sempre sino alla fine della vita? Colui adunque che ha intentione di pigliar moglie (che per hora ragionaremo dell'huomo come capo, se bene le medesime cose proportionatamente si haveranno anchora da intendere della donna) sappia che, come altrove si è detto, egli pretende di far cosa, che di natura sua è buona, et santa, et grata à Dio, che il dir questo solo basta per lodarla assai; ma può ben essere, che una cosa sia assolutamente buona, et non sia buona per alcuna particular persona, si come il buon vino non è buono al febricitante, et può anco stare che una operatione che di suo genere è buona, per congiuntione di una mala circonstanza, ò d'un cattivo fine diventi vitiosa, si come saria il dar elemosina per vanagloria. Dico per tanto che l'huomo prudente, et Christiano deliberando fra se medesimo di entrare nel santo stato matrimoniale, la prima cosa deve ricorrere al mezzo principale, et più efficace di condurre à buon fine ogni negocio, cioè deve molto caldamente raccomandarsi à Dio con divota oratione, et sua et de i servi di Dio, acciò questa deliberatione, et elettione sia guidata da lui, ch'è somma sapienza et somma bontà et solo intende perfettamente et vuole il nostro vero bene, et dopo questo adopri anchora i mezzi humani, et si vaglia di tutto quello che et la prudenza propria, et il consiglio, et aiuto de' buoni et fideli amici gli suggerisce. Avverta però bene che se Iddio lo chiamasse à più alto, et perfetto stato della virginità et della religione, non ha leggiermente per sodisfattion d'altrui, et per rispetti humani, come di conservar la casa et le sostanze, et simiglianti, à far resistenza à lo Spirito santo, et il medesimo si dice di quelli che deliberano delle seconde nozze essendo la santa viduità, et la sua quantunque faticosa continenza, di maggior perfettione. Ma perche queste cose consistono in molte particolarità et circonstanze, che sono innumerabili, et non possono ridursi sotto regola certa, basta haver ricordato, che non si corra precipitosamente nè alla cieca, come molti fanno, ma che si cuoca, et digerisca bene la deliberatione di pigliar moglie con oratione, con tempo, con consiglio et con obedienza spetialmente del padre spirituale, custode, et governatore dell'anima nostra, per il quale andando noi in verità et fede, et humiltà, ci aprirà Iddio la sua santa voluntà, et ci mostrarà quello che più ci sia espediente.

Capitolo 22

DELLA INTENTIONE, ET DE I FINI CHE DEVE HAVERE CHI VUOL CONTRARRE MATRIMONIO.

Ma supposto già che sia espediente il congiungersi in matrimonio è da avvertire di entrar in questo camino, come si sol dir con buon piede, cioè con retta, et santa intentione, et con buon fine, talmente che Iddio, et la gloria sua ci vada sempre innanzi, si come habbiamo detto di sopra, et come san Paolo ce ne ammonisce scrivendo à i Corinthii quando dice, fate ogni cosa in gloria di Dio, et lo replica à Colossensi dicendo, tutto quello che fate ò in opere, ò in parole fatelo in nome del Signore Giesù Christo. Per tanto si disponga, et faccia ferma deliberatione che egli elegge quello stato per gloria di Dio, et per salvar in esso, con la divina gratia, l'anima sua, essendo uno de i stati lodevoli di Santa Chiesa, ordinato da Dio, ilquale dal matrimonio santo, benche inferiore de lo stato virginale cava i vergini, che tanto piacciono a sua divina Maestà, et tanto altamente gli corona, et finalmente per mezo del matrimonio moltiplica la Chiesa, et riempie il Cielo. Propongasi anchora la procreatione de i figliuoli per ascriverli alla militia christiana, et alla professione della vera et catholica fide, et in somma perche siano più figliuoli di Dio che suoi proprii, proponga il remedio santo contra le battaglie della carne, alle quali non sentendosi gagliardo per poter resistere, et dall'altro lato non volendo bruttamente et con dannatione dell'anima sua involgersi nel fango delle libidini, et delle fornicationi, elegge quello stato, che dopo la caduta di Adamo cominciò ad esser rimedio, et medicina della concupiscenza, et della fragilità humana, per oviare i peccati della libidine, si come prima al tempo della giustitia originale, quando l'appetito obediva alla ragione, era per offitio di natura.

Giuntamente con queste cagioni più principali ve ne possono essere dell'altre sante, et buone, che se bene sentono più del terreno, non però contradicono à quelle di sopra, anzi vanno orditamente al medesimo fine; come saria à dire lo haver uno aiuto, et una compagnia per passar meglio, et più facilmente il mare tempestoso de i travagli di questa vita, il desiderio di lasciar heredi et successori per mantenere le famiglie, conservar la facultà, gli stati, et honori antichi delle case, et quello ch'è tanto meglio, quanto il ben commune avanza il privato, per desiderio di conservar la patria, et la republica, et altre simili cagioni.

44

Capitolo 23

DE GLI ABUSI CHE SI COMMETTONO DA MOLTI NELLE COSE SOPRADETTE.

Ne è da riprendere, se dopo haver formata la intentione, et stabilito il proponimento del pigliar moglie, secondo il retto ordine delle cagioni sopradette, descendendo poi alla elettione in particolare di questa, ò di quella persona, si habbia anchora qualche consideratione alla nobiltà, à i parentadi, alla bellezza, et alle ricchezze, et altri rispetti tali, i quali non ripugnano, simplicemente parlando, alla santità del matrimonio. Ma bene è da dolersi grandemente della miseria de i nostri tempi, ne i quali per il più si vede che nel contrarre i matrimonii si ha principalmente l'occhio aperto alle grosse doti, alla speranza delle successioni, ò vero à lo sfogamento d'un giovanile ardore, acceso immoderatamente della bellezza altrui, non si ricordando questi tali di esser christiani, et per poco di non essere pur huomini, correndo sfrenatamente dove l'appetito li tira, come se fossero animali bruti, i quali se considerassero, se non altro, almeno quello che l'Angelo Rafaele disse in questo proposito al giovane Tobia, haveriano più vergogna di se medesimi, et più timore nell'ira di Dio; percioche si legge nella santa scrittura, che havendo l'Angelo Rafaele confortato Tobia à prender Sara per sua moglie, il giovanetto santo temea di farlo, et dicea all'Angelo, il quale esser huomo riputava; io ho udito dire che costei ha havuto sette sposi, et niuno ha potuto congiungersi seco, et tutti sono morti, et sono stati occisi da un demonio; allhora l'Angelo di Dio consolandolo gli rispose in questa forma: Odimi Tobia, et io ti mostrerò quali sono quelli contra i quali può prevalere il demonio. Sappi adunque che quei tali, che di tal modo eleggono il congiungimento matrimoniale, che escludono da se, et dal suo cuore Iddio, et solo pensano à satiar la sua libidine, come cavalli, et giumenti privi di ragione, contra questi ha potestà il demonio. Và di poi seguitando l'Angelo, et mostra con quanto diversa intentione, et con far oratione à Dio dovea castamente, et religiosamente il buon Tobia accompagnarsi con la sua Sara, et conseguentemente godere un lieto et felice matrimonio. Et poiche in questo luogo ci è occorso d'inserire questa particella della historia di Tobia, non lascierò di dire, che quello è un libro utilissimo per i padri et madri di famiglia, et per la educatione de i figliuoli, et in somma è tutto ripieno di ammaestramenti santi et salutiferi, onde io ricordo a i più intendenti, che in quello stato si ritrovano che lo leggano spesse volte con attentione, et divotione, come conviene à scrittura non di semplice huomo, ma dettata da lo Spirito Santo.

46

Capitolo 24

CHE I MATRIMONII FATTI SOLO PER FINI TERRENI ET CARNALI
RIESCONO MOLTE VOLTE POCO FELICI.

Ma ritornando al proposito nostro dico, che se bene non si condanna, come è già detto, l'haver riguardo nel contrarre i matrimonii alla nobiltà, alle facultà, et alla bellezza, nondimeno è molto da contenere con il freno della ragione il precipitoso corso del nostro appetito in queste cose, si che non vadano innanzi à gl'altri rispetti più principali, et degni di huomo christiano, ma seguano da poi nel luogo loro, con moderatione et con misura, altrimenti et la ragione et la esperienza ci insegna, che tali matrimonii conciliati solo da carne, et sangue, hanno spesse volte poco felici successi; percioche come è l'ordinario delle cose humane, che mentre non si hanno si desiderano ardentemente, et dipoi che sono in potestà nostra perdono grandemente di estimatione, et poco ce ne curiamo; cosi acceda bene spesso, che il giovane sposo, sfogata la male accesa fiamma di concupiscenza onde ardeva, si volge a novi amori, et come inebriato da più potente vino, non solo si intepidisce, ma si raffredda in lui affatto l'amore della novella sposa, et tal'hora si converte nel suo contrario et diventa odio, et disprezzo, et come animale indomito, che si veda ligato, freme, et si dibatte sotto l' giogo matrimoniale, onde ne segue una misera et infelice vita tra i due consorti con grandissima perturbatione d'ogni cosa.

Hor quelli anchora, che per accrescere di conditione, et ricoprire la bassezza loro sotto la grandezza altrui, vanno dietro la nobiltà, non s'accorgono che in luogo di porsi à sedere à lato un'amico, et un compagno fidele spesse volte si pongono sopra 'l capo un duro signore, conciosia che per ordinario, secondo i nostri corrotti costumi, la nobiltà del sangue, produce fra le altre cattive figliuole, l'altezza et il disprezzo de gli inferiori, di maniera che se la moglie è sproportionatamente superiore al marito di nobiltà, vuol esser donna et signora, et non esser retta, ma reggere il marito, et tener l'offitio del capo, et farsi lecito ciò che gli piace, onde il buon ordine grandemente se ne confonde. Et se per contrario la nobiltà del marito è tale, si scorda che la moglie gli è data non per schiava, ma per compagna, col quale nome Adamo parlando con Dio nominò Eva, dicendo la donna che tu mi hai dato per compagna; di maniera che soventemente il marito abusando l'autorità legitima, che ha sopra la moglie, et transmutandola per il caldo della nobiltà in tirannia, reca imperiosamente à se solo ogni potestà, con grave pregiuditio del governo domestico, et di quello amore che si richiede tra persone tanto strettamente congiunte, che si come altrove s'è detto, già non son due, ma una carne.

Ma che diremo di quelli, che adescati dall'oro, non pensando ad altra cosa, et vendono, per dir cosi, à prezzo d'una grossa dote, la perpetua pace, et quiete della vita loro? conciosia che, secondo un'antico proverbio, quanto è grande il mare, tanto è grande la tempesta; voglio dire, che la ricca moglie, con la gran dote, conduce anchora le grandi spese, et le soverchie pompe, alle quali non si potendo poi supplire, ò si fanno con ruina delle case, ò se pur si vogliono moderare alquanto, danno materia di continue querele, mercè della mal desiderata dote, la quale fomenta l'altrui vanità, et si oppone per scudo di tutti i disordinati appetiti.

Capitolo 25

CHE NE I MATRIMONII SI DEVE CERCAR LA EGUALITÀ, ET LA VIRTÙ.

Non è però necessario che i matrimonii sopradetti, misurati più dall'amore et interesse della carne, che dall'amor di Dio, sempre siano accompagnati da gli incommodi che detto habbiamo, perche et Dio benedetto per sua somma bontà racconcia molte volte quello che gli huomini han guasto, et la prudenza d'uno de i due sposi, può guadagnare in modo l'animo dell'altro, che lo riduca alla buona, et diritta via, et finalmente la gratia che si dà in questo sacramento santo, se truova alcuna scintilla di buona dispositione, fa à luogo, et tempo come à Dio piace, maravigliosi effetti, ma perche nelle cose humane, et morali non si richiedono come disse un savio del mondo, le dimostrazioni matematiche, cioè certissime, et immutabili; è da sapere che si ragiona secondo quello che più communemente avviene, et perciò molto probabilmente si può affermare, che tutto quello che comincia con mal principio, non è per havere nè buon successo nè buon fine. Et per tanto ottima cosa deve esser giudicata da quelli che vogliono congiungersi in matrimonio, il cercar quanto si può la egualità, et di patria, et di conditione, et di facultà, et di età quanto si conviene, et sopra tutto di conformità di costumi, la quale per se stessa suol conciliare amicitia, perilche essendo il matrimonio un vincolo, che ha da ligare gli animi di due persone con il più stretto nodo d'amore che si possa imaginare, tanto più efficacemente conseguirà il suo effetto, quanto maggior conformità, et simiglianza ritrovarà nei suggetti che si hanno da unire, si come vediamo avvenire nelle cose naturali, verbi gratia, l'acqua ch'è fredda, et humida più facilmente si transmuta et si converte in aere, co'l quale si conforma nella humidità, che non fa in fuoco, ch'essendo caldo, et secco, ha qualità del tutto contrarie alle sue. Hora dunque perche la gratia, come si è detto ad altro proposito, dà perfettione alla natura, prudentemente à mio giudicio farà colui, che vuole ammogliarsi, à schifare come pericoloso scoglio per quanto si può, la troppa disaguaglianza in tutte le cose; ma molto più prudentemente, et christianamente insieme farà ad haver maggior riguardo, in elettione di cosa tanto importante, alla virtù, alla santità della vita, et a i buoni, et mansueti costumi, che alla bellezza, et alla dote, allequali cose il più de gli huomini sono tanto intenti, che facendo grandissima ingiuria alla santità del matrimonio, par che più presto trattino di condurre à casa una concubina, ò di mercantare, che di fare un'honesto, et legitimo matrimonio; assai ricca dote porta la sposa ch'è dotata d'humiltà, di pudicitia, di modestia, di verecundia, di taciturnità, di sollecitudine della cura familiare, di casto amore verso il proprio marito, et di simili altre virtù, et sopra tutto del timor santo di Dio, dal quale, et con il quale viene ogni bene. Et se quel gentile disse che voleva più presto huomo che havesse bisogno di robba, che robba che havesse bisogno d'huomo, quanto più lo deve dire il christiano? non perche non si debbia tener conto della dote, che giustamente è stata introdotta per poter meglio sostenere i pesi del matrimonio, ma perche questo non è di gran lunga il più principal pensiero che si deve havere, et pur tale si reputa da molti, per non dir dalla maggior parte de gli huomini. Potrei anchor dire che una moderata bellezza, con molta honestà è più eligibile, per molte ragioni, ma perche io mi vedo esser passato troppo avanti in questa materia, non voglio estendermi più oltra; bastimi solo haver detto che il christiano deve in ogni sua attione, et maggiormente in questa tanto santa, et importante al bene dell'anima sua, governarsi christianamente, cioè più principalmente con le regole de lo spirito, che con quelle della carne, et più presto secondo l'esempio de i pochi, et buoni, de lo stato, et conditione sua, che de molti.

Capitolo 26

DELLE IMMODERATE DOTI, ET POMPE.

Io crederei se mi è lecito il ricordarlo, che dovesse esser cosa non mediocremente utile, se con autorità publica si ponesse dove fa bisogno alcun temperamento, et moderatione alle doti, le quali trapassando la debita misura in ciascuno stato partoriscono infiniti inconvenienti, percioche il povero padre vedendosi gravato di figliuole, et non potendo maritarle tutte con quella dote, che l'uso, o più presto abuso della patria richiede, si risolve di fare il suo sforzo in una, et l'altre ò si rimangono à invecchiare in casa, ò vanno ne i monasteri più sforzate che volontarie, ò se pur vuol maritare tutte quelle che sono inclinata alla vocatione del matrimonio, restano eshauste le facultà con pregiudicio de i maschi, et tal volta le figliuole seconde, et terze si maritano con doti minori della prima, et per consequenza à disugual marito, onde nascono emulationi, et invidie, et contentioni assai . Di qui nasce anchora che molte buone, et honeste giovani non trovano quella conditione che si converria à lo stato loro, et come sono innumerabili i lacci del demonio, spesse volte si conducono per povertà à grandissime miserie, et precipitii, al quale et à molti altri simili inconvenienti, potria non poco rimediare la autorità publica. Et veramente se noi vediamo nelle nobili Città molti gentil huomini principalissimi affaticarsi prontamente, et con carità nel governo de gli hospitali, et nella cura de i poveri infermi, et in altre opre pie, certo saria s'io non m'inganno opera di molta pietà anchor questa, che alcune persone di qualità, co'l valore dell'autorità publica, mettessero le mani nel maritaggio delle povere zitelle, et tanto maggiormente quanto meglio nate fossero, si che per difetto di dote, non restassero del tutto abandonate; et certo non so perche non si potesse tal hora fare una cortese, et christiana forza ad un giovane ricco, che pigliasse una buona, et costumate giovane sua pari per moglie, benche povera; et mi do ad intendere che se alcuni huomini di grado, et timorati di Dio, si applicassero à questa cura nelle Città, si vederiano uscire bellissimi, et santissimi maritaggi, con molta lode di colui, che havesse fatto maggior stima della bontà che de la roba. Ma perche tutto l'eccesso delle doti, si ricopre sotto 'l velame delle molte spese et carichi del matrimonio, credo che saria sopra modo necessario che si provedesse da dovero à i disordinati apparecchi delle nozze, et alle continue pompe delle donne, lequali pompe son hoggi mai tanto cresciute et nelle vesti, et ne gli altri ornamenti pretiosi, et nel numero di serve, et servitori, et di cocchi, et di carozze et in tanti altri modi, che è quasi impossibile il poter supplire lungamente, talche le famiglie ne vanno in esterminio, oltra che si è tolta ogni distintione di stato, et nell'apparire in publico ogni piccola cittadina à gli ornamenti pare una gran signora, onde è ben da temere, secondo quello che leggiamo nelle sacre scritture, et ne i Santi profeti, che Dio se ne adiri grandemente et forsi i molti flagelli, con i quali il padre delle misericordie ci visita ogni giorno per risvegiarci dal sonno del peccato, sono in non piccola parte cagionati da questo disordine, perche dietro alle pompe del vestire, et abbellirsi soverchiamente ne segue la superbia, la vanità, la lascivia, l'otio, i piaceri illeciti, il vagheggiare, gli impudichi amori, et in somma questa è una esca di grandissimi peccati et per vantaggio gli huomini, de i quali doveva essere propria la gravità pare che nelle pompe contendano di leggerezza con le feminelle; perilche chi ha timor di Dio, desiderio del ben publico, et zelo della salute dell'anima deve giustamente desiderare che vi si prenda provisione, ma però come si è toccato di sopra da dovero, et non superfitialmente, percioche non mancano in molte Città principali, buoni ordini sopra di questo, ma poco, o niente si osservano, di maniera che allevandosi i figliuoli imitatori de i disordini de i padri et lasciandoli anchor essi à suoi figliuoli per successione vanno tutta via più crescendo, et facendosi più difficili, à esser curati. Ma perche habbiamo fatto assai lunga digressione ritorniamo alla nostra materia.

Capitolo 27

DELLA CELEBRATIONE DEL MATRIMONIO IN CONSPETTO DELLA CHIESA, ET DELLE CHRISTIANE PREPARATIONI.

Il Santo Concilio generale di Trento fra molti utilissimi decreti fatti per instinto dello Spirito santo, che sempre regge la santa Chiesa, ha ordinato anchora molte cose pertinenti al matrimonio. Et principalmente ha prohibito in tutto et per tutto quei matrimonii, che spesse volte da simplici et mal consigliati giovani si contrahevano di nascosto, et furtivamente, onde con nome latino clandestini sono chiamati, à i quali il sacro Concilio ha tolto ogni efficaccia et vigore, talmente che non sono più veri matrimonii, et se da alcuni dopo la publicatione del decreto del santo Concilio in tal modo per errore, ò per malitia si contrahesse non sariano i contrahenti marito et moglie, ma impudichi amatori, et commetteriano grandissimo peccato. Et per tanto acciò il matrimonio sia vero, fermo et legitimo, et santo, hà da esser celebrato in faccia della Chiesa, alla presenza di certo numero di testimonii, et con l'intervento, et auttorità del parocchiano, padre spirituale, et ministro di Dio in questo Sacramento, si come di queste, et altre sollennità da osservarsi il medesimo Concilio ha ordinato à pieno. Hora perche nel contrarre il matrimonio i due sposi che son ben disposti ricevono, si come altrove si è detto, per virtù di questo sacramento, la divina gratia, et un particulare aiuto, et favore del cielo, acciò possano vivere insieme con amore, et in santa pace, et prosperamente; per tanto è conveniente che si faccia ogni debita preparatione, per ricever il dono di Dio, mondando per mezo del sacramento della confessione il cuore da i peccati, i quali dividono tra noi et Dio, et chiudono la porta alla gratia. La onde il santo Concilio suddetto con gravissime parole eshorta i sposi, che avanti che contragghino matrimonio, ò almeno tre giorni prima della consumatione, confessino diligentemente i suoi peccati, et ricevano con divotione il santissimo sacramento della Eucharistia. Parimente avanti che si accompagnino insieme nel letto maritale, devono i due sposi novelli esser benedetti nel tempio di Dio per mano del proprio sacerdote; il quale uso di benedire gli sposi è antichissimo nella santa Chiesa, la quale ripiena de lo Spirito del suo celeste sposo Christo, ha composto per questa benedittione alcune divote orationi, che si dicono nella celebratione della Messa, et sono tanto dolci et affettuose, che i sposi doveriano procurare di gustarle con tutto l'intimo del cuore, et conformarsi con il desiderio proprio à quello della nostra madre santa Chiesa, la quale per bocca del sacerdote fa à Dio queste preghiere sopra la sposa, dicendo:

Sia, ò Signore, questa ancilla tua amabile à lo sposo suo come Rachele, savia come Rebecca, di lunga vita, et fidele come Sara, et poco poi; Sia grave di verecundia, venerabile di pudore, et honestà, sia instrutta delle celesti dottrine; et poco più basso, dopo havergli desiderato la fecondità della prole, la santità della vita, et gli eterni gaudii, conclude cosi: Veggano insieme i figliuoli de i figliuoli, insino alla terza et quarta generatione, et pervenghino alla desiderata vecchiezza. Queste et altre religiose, et misteriose cerimonie, che la santa Chiesa usa nelle sollennità del matrimonio, danno ad intendere à i fideli la santità di questa attione, et con quanta riverenza convenga trattarla, et parimente con quanto studio, et sollecitudine i novelli sposi debbiano prepararsi, et disporsi, acciò i voti, le preghiere, et le supplicationi materne della santa Chiesa, le quali per se stesse sono sempre efficaci nel cospetto di Dio, non riescano vane per colpa loro.

Il medesimo Concilio di Trento ha eshortato li sposi che dopo haver contratto il matrimonio per parole affirmative, et di tempo presente, con le altre circostanze debite, non habitino insieme in una istessa casa, prima che habbino ricevuta la benedittione sacerdotale, della quale parliamo. Et tutto questo à fine di ovviare quanto si può, che non si proceda in cosa alcuna pertinente al matrimonio, secondo l'impeto della carne, ma secondo la regula della ragione, et de lo spirito, et finalmente l'istesso Concilio, dechiarando i tempi ne i quali è permesso di celebrare nozze solennemente non ha lasciato à dietro di ricordare, et ordinare à i Vescovi, che procurino che le feste, et letitie nuttiali si faccino con quella modestia et honestà che conviene tra christiani, concludendo tutto il ragionamento fatto lungamente circa la materia del matrimonio, con queste ultime brevi, et gravissime parole, degnissime che restino perpetuamente scolpite ne i cuori, et nella memoria de i maritati mentre vivono, come parole dettate da lo Spirito santo, et son queste: Sancta enim res est matrimonium, et sancte tractandum, cioè il matrimonio è cosa santa, et perciò santamente si hà da trattare.

Capitolo 28

ESEMPIO DI TOBIA, ET DI SARA, NEL QUAL SI DIMOSTRA LA HONESTÀ DELLA CONGIUNTIONE MATRIMONIALE.

Non posso contenermi, per utilità de i lettori, di non riferire in questo luogo parte d'una utile historia, registrata nelle divine scritture, et nel libretto di Tobia, del quale incidentemente parlai non molto di sopra, acciò s'intenda dall'esempio e dal paragone di quel padre del testamento vecchio, nel tempo della legge del timore, et delle ombre, et figure, qual debbia essere il christiano nel tempo della legge d'amore, et di gratia, et nel tempo della pienezza, et della verità. È scritto adunque nel prefato libro, che l'Angelo Rafaele, guida del giovane Tobia, discorrendo con esso lui del matrimonio che doveva contrarre con la buona Sara, fra le altre gli disse queste parole: Tu adunque quando l'haverai presa per moglie, te n'entrarai nella camera, et per tre giorni ti asterrai da lei, et non farai altro se non attendere ad orare insieme con lei, la prima notte accendendo tu il fegato del pesce, sarà scacciato il demonio, nella seconda notte sarai admesso nel consortio, et congiungimento de i santi Patriarchi, la terza notte havrai la benedittione acciò naschino da voi figliuoli con salute, passata la terza notte prenderai con il timore del Signore la vergine, guidato, et mosso più dall'amor di haver figliuoli, che da libidine, acciò nel seme di Abrahamo tu conseguisca la benedittione ne i tuoi figliuoli. Queste sono le parole che disse l'Angelo a Tobia, dellequali egli fu diligentissimo osservatore come si legge poco da poi in questa forma:

Dapoi che hebbero cenato, introdussero, cioè il padre, et la madre di Sara, il giovane alla sposa, ricordatosi adunque Tobia del ragionamento dell'Angelo, cavò fuori dalla tasca sua la parte del fegato, et la pose sopra le bragie, allhora l'Angelo Rafaele prese il demonio, et lo ligò nel deserto dell'Egitto superiore, et voltatosi Tobia alla vergine, cominciò ad eshortarla dicendogli, Sara lievati, et facciamo oratione à Dio hoggi, et domani, et dopo domani, percioche in questi tre giorni habbiamo à congiungerci con Dio, passata poi la terza notte ci ritrovaremo nel coniugio nostro, conciosiacosa che noi siamo figli di santi, et non ci è lecito congiungerci insieme come fanno le genti che cnon conoscono Iddio. Levatisi adunque ambedue perseveravano insieme nell'oratione,

chiedendo à Dio sanità, cioè che li liberasse dal demonio homicida. Et parlò
Tobia, et disse, Signor Iddio de i padri nostri, te benedicano i Cieli, et la terra,
il mare, i fonti, e i fiumi, et tutte le creature che sono in loro, tu formasti Adamo
del limo della terra, et gli desti per aiuto, et compagnia Eva, et tu sai Signore,
che non per cagione di lussuria prendo la sorella mia, ma solo per amore, et
desiderio della posterità, nella quale sia benedetto il tuo nome in tutti i secoli
de i secoli. Et Sara parlò in questa guisa, habbi misericordia di noi Signore,
habbi misericordia di noi, et facci gratia che invecchiamo ambedue insieme
sani. Sino à qui son parole della sacra scrittura.

Ho voluto trascrivere di parola in parola questo notabile esempio, datoci da lo
Spirito Santo per dottrina, et instruttione di quelli che prendono moglie, acciò
sapessero come convenga frenare gli impeti della concupiscenza, con la briglia
della ragione, et del timor di Dio, non essendo come dice San Hieronimo cosa
più brutta, che amar la propria moglie, à guisa di adultera, et di meretrice.

Capitolo 29

COME I MATRIMONII CONTRATTI SANTAMENTE SONO PROSPERATI, ET FAVORITI DA DIO.

I matrimonii adunque che saranno conciliati secondo la legge di Dio, con buona et santa intentione, et con quel lodevole principio che à huomo christiano si conviene, senza dubbio si può sperare nella divina gratia, che havranno prospero successo et ottimo fine, pur che il marito, et la moglie non intermettano lo studio della pietà, et della buona vita raccomandandosi di continuo à Dio, da cui viene ogni bene, e spirituale, et temporale, non si dando però à vita otiosa, e negligente, ma travagliando secondo lo stato loro in alcuno honesto et fruttuoso esercitio, onde possano sostentare la lor famigliuola; à questi tali darà Iddio la sua benedittione et nelle sostanze, et nei figliuoli et havranno se cosi sarà espediente per maggior gloria di Dio, et ben loro, molti figliuoli buoni, sani et interi del corpo, et della mente, che se bene non è regola universale, nondimeno spesse volte avviene che per i peccati de i padri, non da Iddio figliuoli, ò permette che naschino imperfetti, et debilitati nel corpo ò nella mente, ò glieli toglie mentre sono fanciulli et giovani, ò pur glieli lascia per lor castigo, percioche la mala vita de i figliuoli apporta infiniti dispiaceri a i padri, i quali Dio permettente giustamente gustano amari frutti de i peccati proprii, et della negligenza usata in allevar bene i figliuoli. In somma il primo presupposto del padre et madre di famiglia ha da essere, che ogni nostro vero bene depende da Dio, et perciò devono sforzarsi di vivere in sua Santissima gratia, fuggendo i peccati, et frequentando i santi Sacramenti, medicine dell'anima, et secondariamente devono affaticarsi nella cura familiare, et non mangiare il pane ociosamente. Questi son quelli che lo Spirito santo per bocca di David profeta chiama beati quando dice, Beato colui che teme Iddio, et camina nelle sue vie, cioè nell'osservanza de i suoi commandamenti, mangiarai le fatiche delle tue mani. Beato sarai tu, et bene ti avverrà; volendo dire che chiunque teme santamente Dio, havrà da vivere abondantemente, et goderà pacificamente quello che con le proprie fatiche havrà acquistato, et ogni cosa gli succederà prosperamente. Segue il Salmista, la moglie tua sarà come vite feconda nei campi di casa tua. I figli tuoi saranno come germogli d'olive intorno alla tua mensa. Ecco così sarà benedetto l'huomo che teme Dio, cioè colui che per amore et riverenza di Dio si astiene da i peccati, et fa le opre della virtù, et finalmente à questo tale prega il profeta da Dio ogni benedittione et felicità privata, et publica, et lunga vita, si che veda i figliuoli de i suoi figliuoli per lunga successione. Et per tanto concludiamo che i padri, et madri che sono bramosi di haver molti, et buoni figliuoli, et belli, et fruttiferi come rampolli di oliva, devono essi stessi primamente esser buoni christiani, et timorati del Signore, et rendersi capaci di quei favori, et doni che la Maestà sua, etiandio temporalmente, et in questa vita presente, si compiace per gloria sua, di concedere a i veri et humili servi suoi.

Capitolo 30

CHE SI DEVE FAR ORATIONE À DIO PER OTTENER FIGLIUOLI.

Dice l'Apostolo San Iacomo che ogni gratia, et ogni dono ottimo, et perfetto viene da alto, et descende dal padre de i lumi, Dio Signor nostro. La onde non ha dubbio alcuno che i figliuoli sono dono di Dio, et per tanto non solo il marito, et moglie devono vivere christianamente, et con il santo timor di Dio, come si è detto poco fa, aspettando dalla benignità del Signore i desiderati figliuoli, ma di più devono farne instanza appresso sua divina Maestà, con calde et humili orationi, referendo però sempre ogni cosa alla gloria, et beneplacito suo, imperoche se bene è vero che Iddio tal volta per maggior bene à noi occulto, non vuol concedere figliuoli a i padri et madri, quantunque siano fideli servi suoi, et grati, et accetti nel suo cospetto, è però anchor vero, che Iddio ci vuol concedere molte cose con questo efficacissimo mezo della oratione, nellaqual cosa si scopre grandemente la misericordia di Dio, il quale si compiace che i doni, et le gratie sue, siano anchora merito nostro, et si acquistino da noi con un giusto titolo di ragione, come premio, et mercede della fiducia, della humiltà, della perseveranza, et di molte altre virtù che si esercitano nella devota, et fervente oratione, talche il benigno padre delle misericordie, et vuol concederci la gratia che desideriamo, et con più larga misura, et con più ferma possessione, et con maggior contentezza nostra ce la vuol concedere, che noi stessi non sappiamo nè desiderare, nè chiedere, et di vantaggio vuol coronarci in Cielo, per il suo medesimo dono, come acquistato, et meritato da noi. Per tanto il marito, et la moglie che desiderano esser padre, et madre, vadano spesse volte avanti à Dio, et quivi effondano con abondanza di spirito, et di fede la oration loro, ricorrendo anchora humilmente alla intercessione della gloriosissima regina del Cielo, madre di Dio, et all'aiuto de gli altri santi, rinovando spesso i proponimenti che i figliuoli li vogliono solo per gloria di Dio, et dopo questo, se alla Maestà sua piacerà disporre altrimenti non si contristino fuori di modo, ma aspettino con patienza, et con animo tranquillo il tempo del divino beneplacito, perseverando pur tuttavia nella oratione, la quale non è mai infruttuosa, se bene ci pare di non esser esauditi. Et stiano i due consorti di buona voglia, che vedendoli il Signore perseverare con fede, dirà loro quello che disse alla invitta Cananea; Ò mulier magna est fides tua, fiat tibi sicut vis, ò donna, grande è la tua fede, fa cosi come tu voi.

Capitolo 31

CHE I FIGLIUOLI OTTENUTI CON L'ORATIONE SPESSE VOLTE RIESCONO DI ECCELLENTE BONTÀ, ET VALORE.

È cosi grande la forza della humile et fervente oratione., che non solo impetra da Dio i figliuoli, ma impetra anchora particular gratia et aiuto acciò siano buoni. Leggiamo nelle divine historie di huomini segnalatissimi, et per valore, et per bontà, i quali furono frutto delle orationi de i padri, et madri, comu fu il gran Samuele profeta, et Giudice del popolo d'Israele, ilquale come la scrittura dice fu cosi chiamato da Anna sua madre, eo quod a Domino postulasset eum, percioche con caldissime preghiere lo havea dimandato à Dio. Leggiamo parimente che Abramo si querelava con Dio di non haver figliuoli onde fosse necessario ch'un servo suo natogli in casa, dovesse succedergli herede; et allhora gli promise Iddio il santo Patriarcha Isac, dicendogli, che non un servo suo, ma il suo naturale, et legitimo figliuolo ch'usciria da suoi lombi saria il suo herede; et benche egli fosse vecchio, et Sara sua moglie vecchia, et sterile, non però dubitò punto il santo huomo della fermezza della parola di Dio. Nel novo testamento habbiamo l'esempio di Gio. Battista di cui niuno maggior nacque tra i figliuoli delle donne. Et che da i Santi vecchi Elisabetta, et Zacharia si facesse oratione à Dio per haver questo figliuolo si cava assai chiaro dalle parole dell'Evangelio, dove è scritto, che essendo apparso l'angelo di Dio à Zacharia nel tempio parlò in questa forma: Non temer Zacharia percioche la tua preghiera è stata esaudita, et Elisabetta tua moglie ti partorirà un figliuolo e lo chiamaraì Giovanni, et havrai grande allegrezza, et quello che segue. Sopra 'l qual passo scrivendo il glorioso Dottore S. Ambrosio dice una dottrina molto à proposito di quello che hora andiamo trattando, che i figliuoli, et specialmente i buoni et santi sono dono di Dio, et perciò mi è parso di trascriverla in questo loco, dice adunque cosi:

Conviene nel nascimento de i Santi far grande allegrezza, percioche il Santo non è solo gratia del padre, et della madre, ma salute di molti, onde questo loco ci ammonisce à rallegrarci della generatione de i santi; sono anchora ammoniti i padri, et madri a render gratie a Dio non meno per il nascimento, che per i meriti, et virtù de i figliuoli, conciosia che non è mediocre dono di Dio, il conceder figliuoli propagatori del lignaggio, heredi della successione. Vedi Giacob rallegrarsi de la generatione di dodici figliuoli, ad Abramo è dato un figlio, Zacharia è essaudito. Adunque la fecondità del padre è un dono divino. Per tanto rendano gratie i padri, perche hanno generato i figliuoli, perche sono stati generati; le madri perche sono honorate de i premii del coniugio, imperoche i figliuoli sono lo stipendio, et la paga della militia loro. Infin qui son parole del Santo.

Si potriano anchora dalle vite de i santi raccoglier molti esempii di huomini di eccellente santità, et virtù, conceduti da Dio per le orationi, come di san Nicola Vescovo, et altri assai. Perilche etiandio che il marito, et moglie siano giovani, et fecondi, non devono cessare di pregare Dio per impetrare figliuoli tali, et di corpo, et di animo, che in essi sia glorificato Iddio, et siano come santo Ambrosio dice, non solo allegrezza domestica, ma commune della patria per utilità, et beneficio di molti.

Capitolo 32

DELLA PERSEVERANZA DELLA ORATIONE NEL TEMPO DELLA GRAVIDANZA.

Deve la buona madre, poi che per gratia di Dio si sente esser gravida multiplicar i rendimenti delle gratie, et le orationi al Signore, raccomandandogli il felice parto della creatura, et dedicandola spesso con nuovo affetto al suo servitio, in qualunque stato egli si compiacerà di volerlo, ò sia nella religione, ò nel secolo. Cosi mi persuado io che stavano pregando, et offerendo à Dio i loro figliuoli, alcune sante donne, alle quali Iddio volse rivelare, mentre erano gravide, grandi cose de i figliuoli che dovevano nascere da loro; si come si legge della madre di S. Domenico, la quale essendo gravida, gli parve vedere in sogno ch'ella havea nel ventre un cagnuolo, il quale portava in bocca una facella, con la quale, uscito fuori, infiammava tutto 'l mondo; si come veramente fece Domenico santo con lo splendore della santità et dottrina sua, et ha fatto, et fa anchor tuttavia per mezzo di infiniti huomini illustri del suo ordine. Devono anchora le donne gravide astenersi da moti violenti del corpo, et da altri disordini, che potessero cagionare aborto, ò altro nocumento alla integrità et sanità del feto, et creatura, il che avvertire più in particulare è offitio di medici, et non del presente instituto.

Capitolo 33

CHE NON SI DEVE DIFFERIRE IL BATTESIMO.

Se il buon padre, et la divota madre hanno spesse volte raccommandato, et offerto a Dio il lor figliuolino mentre era nel ventre materno, è ben giusto, che poiche egli è nato, et è venuto novello pellegrino in questa valle di lagrime, sia quanto più presto presentato al tempio santo di Dio, et al fonte del santo Battesimo, acciò rinasca più felicemente di acqua et di spirito, et mondo, et candido sia inserito in Christo, et sia connumerato col popolo fidele, che sotto il vessillo della Croce milita, et guereggia contra il diavolo, contra il mondo, et le pompe sue, et contra la carne nostri perpetui et crudeli nemici. Per tanto devono i padri, et le madri esser solleciti di far battezzare senza dilatione la creatura, ricordandosi di quel fermo decreto del Salvatore; che se alcuno non sarà rinato d'acqua et di Spirito santo non può entrare nel regno di Dio. Adunque non ci essendo altra via di salute per i piccoli fanciulli, se non quella del battesimo, grave colpa si commette quando troppo lungamente sono lasciati i poveri infanti senza l'aiuto della divina gratia, et senza la giustitia, che per Christo conseguiscono nella regeneratione del battesimo; perilche niuno sia così poco avveduto, per non dir così poco pietoso, che per fini leggieri, et mondani di festeggiare, ò di aspettar compari, et simili, esponga a tanto pericolo un suo carissimo, et desiderato figliuolo, che morendo per alcun subito incidente resti eternamente escluso dal regno di Dio; massime essendo in quella tanto tenera, et debole età infiniti i pericoli che soprastanno si come gravemente ammonisce ciascuno il libro dottissimo chiamato il Catechismo Romano. Oltra di questo non si devono battezzare i fanciulli nelle case private, eccetto in caso di necessità, ma nella Chiesa, casa di Dio, luogo deputato spetialmente per l'oratione, et per i sacramenti santi, dove essendo realmente nella santissima Eucharistia la presenza di Christo nostro Signore, l'assistenza et custodia de gli Angeli, le reliquie de i Santi, et le loro venerande imagini, et molte altre prerogetive, che ha il tempio dedicato, et consecrato a Dio, quivi anchora per ordinario sua divina Maestà dispensa con maggior abbondanza le sue gratie, et favori. Et questo si ricorda in spetie per alcuni nobili del mondo, i quali con spirito diverso dal Centurione evangelico, non si degnano d'andare alla casa di Christo, ma vogliono che Christo vada alla casa loro.

Capitolo 34

DELLE QUALITA DE I PADRINI, OVERO COMPARI, ET DEL NOME DEL FANCIULLO.

Ma più propriamente per i poveri, che più spesso peccano in questa parte, è da avvertire, che nella elettione del compare, et comare più riguardo conviene havere all'utilità spirituale dell'anima, che alla temporale del corpo; per il che non tanto si deve cercare un compare ricco, quanto un buono, et temente Dio, che occorrendo forse, che ò per morte, ò per negligenza, ò per altro accidente il fanciullo restasse privo della educatione paterna, habbia un'altro padre, il quale ricordevole di essere entrato sicurtà appresso Dio per lui, sia sollecito della salute del figlioccio, et della sua propria, si che conforme all'obligo suo, lo instruisca nella dottrina della fede, et nel timor di Dio, et ne i buoni costumi. Non voglio anchora lasciar di dire una cosa che facilmente ad alcuni parerà leggiera, ma forsi non è senza frutto, et non è lontana dalla nostra materia della educatione christiana, il cui fine è la vera bontà. Dico adunque che utile et laudabile cosa è poner nel battesimo al fanciullo nome di alcun Santo Christiano, più presto che di huomo gentile, massime d'alcuni la cui memoria è celebre solo per la fierezza, et per le sceleraggini loro. Il medesimo si dice di alcuni nomi stravaganti, et posti à bello studio per invitar i fanciulli, divenuti che siano grandi, alla vendetta, overo alle astutie, et à i peccati, i quali non si doveriano comportar da i battezzati, anzi doveriano, come è detto, imporre loro nome di Santo Christiano, alla intercessione del quale potessero spesse volte il padre, et la madre raccomandare il figliuolo, et darglielo per particolare avvocato, avvezzando il fanciullino, mentre và crescendo, à far il medesimo, et eccitandolo alla virtù con l'esempio della vita di quel Santo, il quale piamente chiamato ne i bisogni, da colui che nella fanciullezza vi fu ammaestrato, non ha dubbio ch'egli otterrà da Dio molte gratie, et per conservatione della vita, et per beneficio dell'anima, si come nelle historie et leggende de i Santi si può osservare. Et quando altra ragione non ci fosse, deve in tutte le cose il padre christiano far aperta professione quanto egli desidera, che il figliuolo suo sia et di nome, et di effetti vero Christiano.

Capitolo 35

DELLA CURA DI FORMAR IL CORPO DE I FANCIULLI.

Nel principio della infantia, non par quasi che si possa attendere ad altro che à formar bene il corpo del fanciullo, il quale studio se bene da lontano, et come dispositione remota, appertiene nondimeno alla educatione; perciò che il corpo è instrumento dell'anima et quanto meglio è disposto in tutte le sue parti, tanto più espeditamente può servire all'anima, et avviene non di rado, che ne i puttini sono alcuni difetti del corpo, che mentre le membra infantili per la tenerezza loro sono à guisa di molle cera, si possono in gran parte ricorregere con la diligenza di alcune donne allevatrici prattiche di si fatte cose, oltra che conviene avvertire nello infasciare, et nel maneggiare, et collocare il fanciullo di non offendere alcun membro, che facesse poi difformità, et impedimento alle operationi humane, et civili; che se alcun padre, ò madre si trova di animo cosi crudo, et bestiale, che per fine di guadagno storpii, et deformi il proprio figliuolo, non so qual pena non meriti tanta impietà.

Siano anchora avvertite le madri, et le nutrici di non porre facilmente la creatura nello istesso letto dove esse giaceno, per il pericolo della suffocatione; et parimente avvertano che ella non resti sola, esposta a varii accidenti, come di fuoco, ò di cadimento, ò di animale che potesse fargli male; poiche sino dalle gatte domestiche si legge in alcuna historia haver tratto gli occhi del capo, et mangiatoseli, d'una povera creatura abandonata nella culla.

Et per continuar il filo di questa istessa materia, che tocca alla buona formatione del corpo, dico che questa cura et diligenza ha da perseverare per buono spatio di tempo, sino che le membra siano ben ferme, et consolidate. Dice un grande filosofo essere cosa giovevole a i fanciullini lasciarli piagnere, perche con quel moto si dilatano le membra, et si fanno più robuste; il medesimo dice, che si doveriano avvezzar a patir il freddo, ilche s'intende dopo alquanto di tempo che sono nati, onde poco saviamente par che faccino coloro che a i puttini per vaghezza mettono capucci, et capelletti in capo, onde ne diventano meno gagliardi à sopportar le ingiurie dell'aere nell'età più mature, si come anchora non è bene per lieve diletto volerli veder vestiti à guisa di giovani fatti, il vestirli con habiti molto acconci alla persona, et troppo affettatamente, anzi è meglio quando cominciano ad esser grandicelli, che le vestimenta siano agiate, onde il corpo cresca più facilmente, et nel vestire et spogliare il putto che si fa assai spesso le membra non ricevano storcimento, ò altra sorte di offesa.

Et perche di questa parte che appartiene à formar il corpo acciò sia sano, et di buona habitudine, et atto alle fatiche, che la vita humana richiede per i bisogni privati et publici, non se ne può parlare determinatamente in tutte le conditioni de gli huomini, conciosia che gli altri essercitii devono essere quelli del contadino et dello artefice, altri del Cittadino mezzano, et del gentil'huomo nobile, et conseguentemente varia dispositione de i corpi si ricerca, per tanto generalmente parlando potiamo dire che nella cura del corpo devono fugirsi due estremi, l'uno di farlo troppo gagliardo et feroce, et l'altro di renderlo troppo molle, et delicato, nel primo estremo eccedevano quei popoli, che nati i figliolini subito gli gettavano nelle acque de i fiumi freddissimi, et in tutto il resto procedevano come se non havessero havuto ad allevar un huomo ragionevole, ma un toro, ò un cavallo; nell'altro estremo traboccano quelli che troppo teneramente amando i figliuoli gli nutriscono con tanta delicatezza, che riescono debolissimi ad ogni piccolo nocumento, di maniera che spesse volte una pioggia un vento ò simile accidente estraordinario gli offende si fattamente che ne amalano, et morono, ò se pur vivono sono cosi indisposti, et alieni dalle fatiche, che la casa, gli amici, et la patria poco, ò niun frutto può raccorre dall'opera loro. Et per tanto essendo ciascun huomo nato non per se solo, ma per aiutar gli altri, et dovendo ogniuno quantunque nobile, et ricco, incontrarsi nel viaggio di questa misera vita in molti incommodi, et disagi, ottima cosa è avvezzar il corpo ne gli anni teneri à patire, usando però quella discretione, et moderatione che conviene. Et se pure dal mezo si dovesse declinare ad alcuno de i due estremi, meno male saria, communemente parlando, piegare verso il troppo del patire, che verso il troppo delle delitie, et de gli agi, non solo per le ragioni dette di sopra, ma anchora perche l'anima non ha maggior impedimento allo l'acquisto delle virtù, nè maggior inimico, che il proprio corpo, nutrito et allevato delitiosamente.

Capitolo 36

DELLO ALLATTAR I BAMBINI, ET DELLE NUTRICI.

Se bene la educatione di sua natura ha più riguardo à ben formare l'animo che il corpo, nondimeno è tanto stretta congiuntione tra queste due parti, onde un solo huomo è composto, che non si può quasi fare di non toccarne qualche cosa. Et alcuni di gran dottrina han tenuto, et non senza probabilità, se guardiamo à quello che più generalmente avviene, per la negligenza de gli suoi che i costumi dell'animo seguono la temperatura del corpo, non che la complessione possa far violenza alla ragione, et sforzar la libertà dello arbitrio, ma si parla d'una certa varia inclinatione alle passioni secondo i diversi temperamenti; per ilche non deve parer lontana dal nostro proposito, cosa alcuna, che se bene remotamente conferisce alla buona educatione che si pretende, et tra queste il primo nutrimento del latte, che si dà al fanciullino non è di poca consideratione. Hor io non voglio entrar à riprendere le madri che non danno il latte a i propri figliuoli fuori di ogni legge di natura, ilche a i nostri tempi è tanto ordinario, et maggiormente nelle donne più nobili, che pareria gran maraviglia vederne alcuna nutrire il figliuolo, che è carne et sangue suo, con le proprie mammelle. Dirò bene che dottori gravissimi et santiss. hanno ripreso grandemente questo abuso, come argumento di poco amore, et anco di incontinenza, nondimeno perche possono avvenire alcune volte rispetti tali, che la madre sia giustamente escusata da questo offitio, almeno è da avvertire grandemente alla elettione della nutrice, overo balia, nella quale non si deve solo ricercare il buon latte, ma insieme i buoni costumi, percioche è cosa manifesta per esperienza, che molto spesso la creatura fugge col latte i vitii, et difetti della nutrice, come la iracondia, la ebrietà, la sonnolentia, et stupidità, et altri simili. Et se noi vediamo che da i padri et madri per la generatione si derivano ne i figliuoli simiglianti qualità, non deve parer maraviglia che dal latte che anchor egli è sangue corrotto, et in quella tanto tenera età è quasi una seconda generatione, seguano anchora i medesimi effetti . La onde replico di nuovo non doversi la balia deputar à caso, et senza riguardo alcuno de i suoi costumi, altrimenti parte per il latte, et parte poi quando il fanciullino và più crescendo per la frequente conversatione si appiccano tali semi di vitii che fanno alte radici con gli anni, talche ò non mai ò almeno non si diradicano senza gran fatica. Ma nel particolar dello allattare soggiugnerò anchor questo, strana cosa essermi parsa vedere in alcun paese oltra i monti, nutrir i piccoli figliuoli con latte non humano ma d'animali, onde forse in buona parte nasce, che molti del popolo minuto nutriti in quella guisa, hanno poi non so che più del ferino che del ragionevole.

Capitolo 37

QUANDO COMINCI LA CURA DELLA EDUCATIONE RISPETTO A I COSTUMI.

Dimandara forse alcuno à qual tempo cominciar debbia la cura della educatione, intesa propriamente per quella diligenza che si deve usar per introdur pian piano ne gli animi teneri infantili i semi dalla virtù, eccitando et nutrendo quelli che la natura ci ha inseriti, et per contrario chiudendo la porta à buon'hora a i vitii, che possono venir di fuori, et rimediando alle male inclinationi naturali, et cercando di avvezzar l'appetito sensitivo ad obedire, si come egli è capace per natura, all'imperio della ragione, et non à farsene signore, et tiranno. Et ben che per ventura alcuno potria dire, che per far questo si richiede qualche uso di ragione nel fanciullo, il quale essendo ne i primi anni poco differente da un bruto non può esser capace di disciplina, come quello che non intende nè bene nè male, nondimeno io per me son di parere, che molto per tempo si hà da dar principio à questa cura, non aspettando l'uso della ragione, percioche non è necessario che i fanciullini faccino alcune cose, et si astengano da alcune altre, perche intendano quello che convenga seguitare, ò fuggire, ma basta che si avvezzino à cosi farle, o non farle, acciò da leggieri principii con alcuni piccoli atti, quanto quella tenera età admette, si introduca il buon habito, ò almeno una certa dispositione, non altrimente che noi vediamo nelle cose artifitiali, che molto prima si và disponendo la materia, acciò sia poi più facile, idonea, et obediente à ricever la forma che si vuole introdurre. Ma non si può già dare un tempo certo, et determinato in tutti i fanciullini, percioche variamente secondo le varie temperature de i corpi, et varietà delle regioni, et paesi et del modo istesso del nutrire, et governare, et per molti altri accidenti avviene che in alcuni più presto, in altri più tardi lampeggia un certo lumicino quasi alba et aurora per dir così della luce della ragione. Et per discendere più al particulare dico che come prima comincia il fanciullino già alquanto sciolto da i ligami delle fascie, non solo co'l pianto, ma con le mani et con i moti del corpo à far un certo conato per voler esprimere gli affetti dell'animo, già se io non m'inganno, può haver luogo alcuna diligenza della savia et avveduta nutrice, laqual diligenza vada poi crescendo tuttavia più di tempo in tempo; scrive sant'Agostino una cosa notabile à questo proposito ne i libri delle sue confessioni, ne i quali essendo egli già vecchio con un grandissimo dolore, et pentimento de i peccati delle sue passate età va discorrendo della infantia, et pueritia sua per lungo spatio della vita, dandoci utilissimi ammaestramenti, per conoscere le molte tristitie della nostra natura; scrive adunque quel gran padre in un luogo queste parole: Io ho veduto, et ho fatto esperienza di un fanciulletto che havea zelo, et invidia, non parlava anchora, et impallidito riguardava con occhio, et guardatura amara il suo collataneo, cioè l'altro fanciullino che si lattava in sua compagnia. Hor dunque se all'apparir del male si deve applicar la medicina, certo non è da sprezzare questa piccola favilla d'un vitio così contrario alla carità come è l'invidia, anzi è da cercare di estinguerla quanto si può, et se non con altro modo, almeno sottrahendo la materia, et la occasione di fomentar questo mal seme et altri simili della nostra corrotta natura. Si potria dire che poco accortamente faccino alcuni, i quali à bello studio spaventano con larve et cose paurose i fanciullini, turbando loro il sangue, et nutrendo senza fine di ragione il timor naturale, onde diventi immoderato, et ne riescano i fanciulli soverchiamente timidi, et pusillanimi. Ma posto che questa di che hora si ragiona, sia troppo minuta diligenza, certo come il puttino comincia à caminare, à balbutire, et snodare imperfettamente la lingua, et più apertamente à scoprire le passioni intrinseche si può andar spargendo nel piccolo vasetto alcun odore di affetti virtuosi. Io per la vocatione alla quale à Dio è piacciuto chiamarmi non ho havuto occasione di pratticar molto à dentro, et scoprire quali affetti germoglia naturalmente la tenera infantia, si che filosofando per così dire in essi, havesse potuto esperimentare i modi, et le vie, hora di medicarli, et rimoverli per quanto si può., hora di nutrirli secondo facesse di mestiero, ma pur communemente parlando, si vede che intorno all'uno anno, et mezo della età infantile, et verso il secondo anno, fanno i fanciullini secondo è stato mostrato loro, o hanno veduto far altrui, cotali cosarelle che hanno certa ombra di virtù, come sentir con riverenza il nome di Dio, et proferirlo anchora, inclinarsi alle divote imagini, honorar con alcun moto del corpo il padre, et la madre, pigliar con certa modestia le cose delle mani altrui, et simili altri buoni instituti, et creanze. Perilche non penso dover essere se non utile avvertimento, che alla buona educatione si dia principio quanto più per tempo si può, cominciando prima dalle cose piccole, et continuando poi proportionatamente alle maggiori di tempo in tempo con maggior sollecitudine, et vigilanza, ricordandosi sempre che il condurre un fanciullo à tale stato, et perfettione, che sia huomo da bene, et buon christiano, non è impresa cosi facile come altrui si pensa, anzi è non meno faticosa, che importante.

Capitolo 38

DELLO ERRORE DI ALCUNI, À I QUALI NON PAR NECESSARIO CHE LA EDUCATIONE SI COMINCI TANTO PER TEMPO.

Io ho promesso di sopra voler dimostrare quanto s'ingannino alcuni, i quali non fanno stima, ò almeno molto superficialmente la fanno, della educatione de i figliuoli, dico nella parte più essentiale, et più importante di tutte, che tocca alla bontà christiana, per il cui fine principalmente quest'opera si scrive, et si danno ad intendere, che i figliuoli per loro stessi, come saranno grandi, et conversaranno con gli altri huomini, senz'altra disciplina impararanno à esser buoni, non altrimenti che s'impari a parlare perfettamente l'idioma della propria patria, senza molto studio, et fatica de'fanciulli, benche aspro sia, et difficile à pronunciare. Et certo io non posso non maravigliarmi assai, che non sia arte alcuna quanto si voglia vile, che per apprenderla eccellentemente ogniuno non confessi ch'è molto necessario cominciar da fanciullo ad esercitarvisi dentro; et che parimente fa di mestieri buono, et valente maestro, et vi vuole et tempo et lunga esercitatione, et fatica, et nondimeno sia chi creda, che per diventar buono non occorra darsi altro pensiero, ma lasciar la cosa à beneficio di ventura, et del tempo; quindi è che noi vediamo, che i padri sono solleciti a far che i lor figliuoli imparino à leggere et scrivere, et numerare, et cantare, et cavalcare, et altre simili arti, et cercano havere valenti maestri, et non perdonano alla spesa; le quali diligenze son buone, et lodevoli, et non si condannano; ma certo è cosa pur troppo strania, il veder come per contrario i padri poco, ò niente si curino di introdurre per tempo i buoni habiti delle virtù christiane nel tenero petto del fanciullo, et di imparargli l'arte di servir à Dio, et di saper domar i cavalli sfrenati di questi nostri appetiti. Onde la maggior parte de i padri, se non con le parole, certo quello che più importa, con gli effetti stessi, dice che più importante cura è appresso di loro il far che un figliuolo sia buon cantore, buon fabro, buon cavagliero, et armeggiatore, et buon litterato, che buon christiano, come se tutte l'altre arti et studii fossero difficili, et questa arte sola fosse facilissima, ò pure poco rilevasse nella somma delle cose il saperla, overo ignorarla. È adunque necessario dir brevemente qualche cosa della difficultà che si truova nell'acquisto delle virtù, et della vera bontà, mercè della nostra misera, et guasta natura; per il che fa bisogno esser molto sollecito, acciò nella prima fanciullezza, per mezzo della buona educatione, s'impari quest'arte di esser buono; la quale chi non havrà appresa, in vano, et senza alcun frutto saprà tutte le altre, delle quali il mondo fa stima.

Capitolo 39

DELLA CORRUTIONE DELLA NOSTRA NATURA, ET INCLINATIONE AL PECCATO.

Dice la divina scrittura, che Iddio creò l'huomo retto, giusto, et santo, ma egli inviluppò se medesimo in mille intrichi, percioche havendo il primo padre nostro Adamo transgredito nel paradiso il commandamento di Dio, subito perdè quella giustitia, et santità ch'egli haveva, per dono del suo Creatore, et incorse nell'ira, et indignatione di Dio, et nella necessità della morte, et in mille miserie, cosi quanto al corpo, come quanto all'anima. Et cosi come se egli fosse perseverato nella giustitia et santità datagli da Dio, haveria non solo per se, ma per i figliuoli, et per i descendenti conservata quella pretiosa heredità, onde essi anchora sariano nati et santi, et giusti; cosi all'incontro la transgressione, et inobedienza d'Adamo apportò danno, et nocumento non pure a lui, ma a tutta la propagine, et posterità sua; onde ciascuno che nasce di Adamo, non solo nasce suggetto alla morte, et alle pene, et afflitioni innumerabili di questo corpo, ma per la medesima generatione contrahe la morte dell'anima, ch'è il peccato, il quale si chiama peccato originale. Hor come la superbia, et inobedienza del primo Adamo ci fece peccatori, et inimici di Dio, cosi l'humiltà, et l'obedienza del secondo Adamo, Christo Giesù Salvator nostro, ci ha reconciliati con Dio, et ci ha fatti santi, et giusti, mentre il merito, et la virtù del suo pretiosissimo sangue, ci è stata applicata nel sacramento del battesimo, nel quale siamo regenerati in Christo, et inseriti in lui, et talmente si toglie dall'anima la macchia del peccato originale, et l'obligo della eterna dannatione, et tutto quello che vera et propriamente ha ragione di peccato, che tutto il vecchio Adamo resta sepulto nelle acque del santo battesimo, et vestiti di nuovo, rinaschiamo in nuova creatura, et ci è data quella stola candida, la quale se pura et immaculata fosse conservata da noi, non vi saria cosa che più dalle nozze eterne, et della entrata del Cielo ci ritardasse. Hor quantunaue per il sacramento del battesimo resti l'anima purificata, come è detto, et ripiena di celeste gratia, nondimeno resta nel christiano dopo il battesimo la debolezza, et fragilità del corpo, atto à patire molte infermità, et à sentire l'acerbità del dolore; parimente resta in noi il moto disordinato della concupiscenza, chiamato da i sacri Dottori fomite, la quale concupiscenza, non è propria et veramente peccato, procede però dal peccato, et inclina al peccato, et come è detto, è un certo moto, et appetito sregolato, che per sua natura ripugna alla ragione, ma questo tal movimento ribelle alla ragione, se non ha seco congiunto il consenso della nostra voluntà, ò negligenza almeno, non è peccato alcuno, anzi questa concupiscenza ci è lasciata per un campo, et materia di virtù, come dice il sacro Concilio di Trento, et il Catechismo; percioche la concupiscenza, a chi non gli consente, anzi virilmente con l'aiuto della gratia di Giesu Christo gli resiste, et repugna, non solo non noce, nè può nocere, ma è occasione di vittoria, et di corona, et di più copiosi premii, et di più abondante gloria in Cielo; percioche, come dice l'Apostolo, non sarà coronato se non chi combatterà legitimamente. Per tanto se la corona presuppone il legitimo combattimentio, et il combattimento, et la pugna non si fa senza nimico; non habbiamo cagione di dolerci di Dio, che ci habbia lasciato questo avversario domestico, ma bene habbiamo molta cagione di ringratiarlo, che ci habbia dato tanta abondanza della sua santissima gratia, che se noi vilmente non ci gettamo per terra, restaremo senza dubio vincitori, et faremo acquisto della corona immarcescibile della gloria; per la quale è ben giusto che ci affatichiamo per cosi breve spatio, vedendo che molti per una corona, et per un premio terreno, et corruttibile, spargono volentieri non solo sudore, ma sangue, et la vita istessa.

Capitolo 40

CHE POCHI SON QUELLI CHE COMBATTINO LEGITIMAMENTE.

Ma nondimeno pochi sono quelli, che invaghiti da dovero di quella nobile corona, che l'Apostolo Paolo ci mostra, voglino combattere legitimamente, et far un poco di violenza à se medesimo, anzi si lasciano trasportare dall'impeto dell'appetito, et di questa nostra concupiscenza carnale, come da un rapidissimo torrente, che finalmente conduce al mare della eterna condennatione. Et perche non s'attende à buon' hora a metter freno a i sensi, che non corrano straboccchevolmente ne i loro obietti, et non si assuefanno gli huomini da principio al timor di Dio, et all'amor della virtù, et la buona educatione christiana è grandemente negletta, di qui è che i peccati, et le iniquità abondano in modo, che quasi è rinovato lo stato precedente al diluvio universale, di cui la scrittura dice, Omnis caro corruperat viam suam, ogni carne, cioè tutti gli huomini havevano corrotta, et contaminata la via loro. E adunque grande, come habbiamo detto, la pronità, et inclinatione nostra al peccato, et come che verissimo sia, che non potiamo superarla senza l'aiuto della divina gratia; è però ancho vero che noi debbiamo accettare, et cooperare con la divina gratia, la quale ci previene, et ci eccita, et ci è offerta dal benignissimo Iddio, come una armatura forte contra tutti i vitii; ma perche l'huomo è libero, et opera liberamente, può non accettare la gratia, et può per sua infingardaggine lasciarsi vincere dall'appetito disordinato, et dal gusto de i diletti presenti; onde è necessario, che l'huomo si facci una certa forza, et violenza, et come S. Paolo dice, castighi il corpo suo, et lo riduca in servitù della ragione, ricordandosi della sentenza del Salvatore, che dice, che il regno de i Cieli patisce forza, cioè si può, et deve prendere per forza, et i violenti son quelli che lo rapiscono.

Capitolo 41

DELLA GRAN FORZA DELLA ASSUEFATTIONE, ET DELLA NECESSITÀ DI COMINCIAR À BUON'HORA À RESISTERE AL MALE.

E adunque necessario, che volendo essere virtuosi facciamo violenza à noi medesimi, ma questa violenza è accompagnata da fatica, et da dolore, per la lutta, et repugnanza della parte sensuale, la quale pugna, come è detto, la maggior parte de gli huomini non vogliono sopportare. Et per questo importa sopra modo ad assuefarsi à voler il bene, et aborrire il male sino dalla più tenera età, pèrcioche la forza della consuetudine, è grandissima nell'una parte, et nell'altra, et da lei nasce l'operare non solo senza dolore ma con facilità, et diletto. Onde un gran savio del mondo lasciò scritta questa sentenza, Non è di poca importanza anzi è il capo, et la somma della cosa, l'essere altrui avvezzo in una, o in un'altra maniera. Et è questo cosi vero, che etiandio nelle cose contrarie et moleste della natura, la consuetudine ha potere di farle dilettevoli; hor quanto più potria farlo nelle cose che hanno conformità con la natura, come è la virtù? conciosia che nell'huomo restino anchora molti semi d'una certa inclinatione al bene, al giusto, et all'honesto, ma questi semi per loro stessi anchor piccoli, et nascosti, conviene andarli scoprendo, et nutrirli, accrescerli, et cultivarli, acciò non siano suffocati dalle contrarie inclinationi, non altrimenti che vediamo avvenire d'un campo grasso, il quale se non è cultivato, altro non produce che copia grande di herbe inculte, et di spine. La onde la scrittura santa in molti luoghi ci ammonisce à cominciar di buon'hora questa cultura spirituale, sbarbando le herbe nocive, che questa nostra carne germoglia di continuo, per se medesima; è scritta nel libro della Genesi questa sentenza proferita da Dio medesimo: I sensi et i pensieri del cuore humano sono proni et inclinati al male sino dalla giovanezza sua. Et Salomone ne i Proverbii mostrando la gran forza della consuetudine riferisce questo antico detto: Il giovanetto secondo la via sua, cioè secondo la maniera del vivere, alla quale si appigliarà ne i primi anni, quando invecchiarà non si partirà da quella. Et alcuno espositore in quel luogo ha detto, che la lettera, et testo Hebreo, ammonisce i padri ad instituire, et introdurre per buona via i figliuoli mentre sono giovanetti, et che di questo consiglio, rende la scrittura quella ragione perche diventando vecchi non si partiranno dal camino dove già sono assuefatti, et l'un senso, et l'altro è vero, onde il Savio nell'Ecclesiastico diceva cosi: Hai tu figliuoli? ammaestragli, et piegali dalla fanciullezza loro; con la qual voce di piegare, ci dà ad intendere avvenire ne gli huomini, cone ne gli arbuscelli teneri, che facilmente si piegano à quella parte, che altrui vuole, et con mediocre industria appoggiati ad alcun palo crescono diritti, et belli, la dove indurati et distorti più presto si rompono che si torcano. Molti altri luoghi si potriano adurre delle sacre scritture, ma per non esser più lunghi concludiamo due cose; la prima, che troppo s'inngannano coloro, i quali ammaestrano i loro figliuoli in ogni altro studio, che in quello del timor di Dio, et della vera bontà, come se questa fusse cosa di poco momento, ò facilmente per se medesima si appiccasse à gli animi de i giovani, quando già sono pervenuti alla perfetta discrettione, et cominciato à pratticare con molti, nella istessa guisa che si vede che la conversatione civile insegna una certa creanza, et un modo di saper trattare con gli altri, cose che hanno solo un'ombra, et non solidità della vera bontà; onde questi tali che cosi sentono, mostrano d'intendere poco in qual mondo noi habitiamo, con qual avversario ci convenga combattere, ch'è il demonio, nimico astutissimo, et avidissimo della nostra perditione; et finalmente non considerano di qual carne noi siamo circondati, inferma, et debole al bene, ma gagliarda, et prontissima al male. Et per questo seguita la seconda conclusione, che facendo bisogno di armarci di molte armi contra tanti nimici, è necessario esercitarsi da gli anni più teneri in questa battaglia spirituale, sin tanto che l'habito della virtù habbia fatto in noi alte radici, et resti talmente per la divina gratia et per la buona, et continuata educatione et per i frequenti atti virtuosi, debilitata, et mortificata, questa nostra sensualità, che già non ci sia più amarezza, et pena, ma suavità, et diletto nell'osservanza della legge di Dio. Et questo è quello, che ci insegna san Paolo quando scrivendo à gli Hebrei dice cosi: Ogni disciplina da principio, et nel presente non par di diletto, anzi di dispiacere, ma dapoi, à coloro che per lei sono stati esercitati, partorirà frutto di somma pace, et giustitia.

Capitolo 42

CONFIRMATIONE DELLE COSE SOPRADETTE, CON L'AUTORITÀ DEL
CONCILIO TRIDENTINO.

Non saria difficil cosa il provare, et confirmare la verità delle cose sopradette,
con l'autorità di filosofi, et savii del mondo, i quali trattando del governo delle
Republiche hanno dato particulari avvertimenti sopra la educatione de i
fanciulli, intendendo benissimo che per far un buon Cittadino non si ha da
differire a gli anni più maturi, ma conviene dargli forma dalla fanciullezza, et
parimente con l'esempio, et con la prattica di alcune famose Città, ne gli antichi
tempi, si potria molto facilmente dimostrare il medesimo, et lasciando gli
strani, et venendo à i nostri non ci mancano autorità, et esempii, et facilmente
si potrebbono allegare gravissimi detti di Santi Padri, et Dottori della Chiesa,
fra i quali Chrisostomo scrivendo sopra San Paolo, esclama che la giovanezza
è feroce, non altrimenti che un cavallo indomito, et una fiera silvaggia, onde fu
bisogno di grandissima diligenza, et di cominciar dalla più tenera età à bene
allevarla, con la disciplina di ottime leggi, acciò, dice egli, la consuetudine
istessa della virtù, sia poi la legge, et la guida, passando in habito, et natura.
Ma quanto all'esempio di coloro, che per lunga esperienza sono efficacissimi
testimonii del vero, qual più idonea pruova può essere che quella di tante
santissime religioni, et congregationi, alcune dellequali sono antichissime, dico
di Monaci, et di Frati, et di Canonici chiamati regulari? le quali essendo à guisa
di piccole republiche, o di grandi case, et famiglie, hanno sempre havuto
grandissima cura della educatione de i fanciulli, et come essi dicono, del
novitiato. Ma lasciando ogni altra cosa da parte, mi basterà l'autorità del
grande universal Concilio di Trento, ilquale all'età nostra ha introdotto, ò certo
dopo lunghissimo spatio di tempo rinovato nella Chiesa di Dio l'uso di
allevare, et instruire Clerici fanciulli, come Seminario perpetuo de i ministri di
santa Chiesa. Et perche il decreto del Concilio è gravissimo, et dignissimo di
consideratione, et è molto conveniente alla nostra materia, ho pensato di
riferire in questo luogo il principio solamente, acciò da questa dottrina
ciascuno intenda quanto sia necessario per allevar bene i figliuoli incominciar
da i primi, et più teneri anni. Le parole adunque del Concilio, dette in lingua
nostra vulgare sono queste:

Conciosia cosa che l'età de' giovanetti, se non è bene ammaestrata, et instituita è prona et inclinata à seguitar i piaceri, et voluttà del mondo, onde se da i teneri anni non sono formati, et habituati alla pietà, et alla religione, prima che l'habito de i vitii possegga tutto l'huomo, non mai perfettamente, nè senza grandissimo et quasi singulare aiuto dell'omnipotente Iddio, perseverino nella disciplina ecclesiastica; per tanto la santa sinodo ordina et statuisce che ciascuna Chiesa catedrale debbia nutrire un certo numero di fanciulli in un Collegio deputato à questo effetto, et quivi religiosamente educarli, et ammaestrarli nelle discipline ecclesiastiche, et quello che segue; dal qual luogo s'inferisce, che cosi come per fare un buon clero, conviene far seminario di buone piante, che sono i fanciulli, cosi parimente data la debita proportione per haver buona cittadinanza de gli huomini secolari, è necessario cominciar ad educarli bene dalla fanciullezza.

Capitolo 43

DI DUE MANIERE DI EDUCATIONE, CIOÈ PRIVATA, ET PUBLICA, ET COME DEVONO ESSER CONCORDI TRA LORO.

Questa autorità del Concilio mi da occasione di raccorre alcuni semi sparsi di sopra à varii propositi, et dire in questo luogo alquanto più apertamente, che la educatione può esser considerata in due modi, ò come privata, et particulare sotto la autorità paterna, ò come commune sotto la autorità publica. Et di più ambedue si possono considerare come morali, et come christiane, et finalmente la educatione christiana, et privata, et publica può venire in consideratione, come regolata, parte dal reggimento ecclesiastico, et parte dal politico, o seculare che dir vogliamo. Se bene non hà dubbio che più perfettamente, et in più alto grado allo ecclesiastico si appertiene, come quello che più dirittamente, et per offitio proprio ha riguardo all'ultima, vera, et compita felicità de suoi Cittadini.

Ma egli è cosa certa che tutte queste maniere di educatione, hanno tra di loro ad essere molto concordi, non solo non impedendo, anzi più presto l'una aiutando l'altra, acciò si pervenga più facilmente à quello altissimo fine, della beatitudine eterna.

Adunque diciamo che la educatione privata, è ordinata alla publica, et questa conduce à perfettione la privata, et così come sono i padri di famiglia nelle case loro à guisa di magistrati particulari, cosi i superiori nella città son come padri communi. Et niuna cosa può esser più salutifera in una republica che essere ordinata talmente, che quella buona disciplina che il giovanetto havrà appresa per la educatione domestica, la conservi per la publica, anzi la accresca, essendo ragionevole che il publico bene, sia maggiore, et più perfetto del privato, si come per contrario troppo è da dolersi, quando mancando per qual si voglia accidente, la disciplina privata, et il freno dell'autorità paterna, non rincontra il giovanetto nel publico, molti padri, et molti freni che ritengano gli impeti suoi, et non lo lascino à voglia sua, et de i suoi corruttori dissipare le sustanze non sue, ma della famiglia, et della patria, et in somma non gli permettano di vivere come quel figliuolo prodigo, di cui l'evangelio ragiona, onde poi nascono tanti mali, che lungo saria il raccontarli.

Ma ritornando al nostro proposito, non solo tra la educatione privata, et la publica, ma tra la morale, et la christiana ha da esser congiuntione, et ordine talmente che si habbia per certo, che ogni studio della educatione morale, è debole, et imperfetto, se non si riduce alla educatione christiana, come più alta, et più eccellente, et come fine, et perfettione d'ogni altra.

Finalmente conviene che tra il governatore temporale, et lo spirituale sia somma unione, et concordia, et che nella educatione publica, et in ogni altra cosa concernente il ben commune, si ricordi il politico che ha da ministrare, et prestare aiuto al rettore ecclesiastico non altrimenti che il braccio sinistro concorre unitamente con il destro alle operationi, per beneficio di tutto il corpo. Et quanto maggiormente il reggimento temporale ordina se medesimo à lo spirituale, et più lo favorisce, et promove, tantio più serve alla conservatione della Republica, percioche mentre il rettore ecclesiastico procura di far un buon christiano, con l'autorità et mezi spirituali, secondo il fin suo, procura insieme in conseguenza necessaria di far un buon Cittadino, che è quello che si pretende dal politico. Ilche avviene perche nella santa Chiesa Catholica Romana, Città di Dio, posta su'l monte, di cui tutti i battezzati, et regenerati in Christo, sono Cittadini in questa dico santa Città, et perfettissima Republica, quale à pena per sogno videro gli antichi filosofi, una istessa cosa è assolutamente il buon cittadino, et l'huomo da bene. La onde grave errore è di coloro, che disgiungono cose tanto congiunte, et pensano poter havere buoni Cittadini con altre regole, et per altre vie, di quelle che fanno il buon Christiano. Et dica pure, et discorra la prudenza humana, quanto gli piace, che non è possibile che partorisca vera pace, nè vera tranquillità temporale, tutto quello che ripugna, o si diparte dalla pace, et felicità eterna. Ma lasciando questo discorso, che troppo forse parerà ch'io mi sia dilungato da i miei termini, dico concludendo, che quantunque quella maniera di educatione, et disciplina, che dipende dalla autorità publica, sia sopra modo necessaria, io nondimeno di questa non intendo principalmente di ragionare; ma solo della privata, et in ordine all'autorità et cura peterna; se bene à tempo, et luogo dove la materia lo ricerchi, potrà avvenire che di quella anchora alcuna cosa si tocchi, poi che come è detto hanno tra loro molta congiuntione.

Capitolo 44

CHE LA EDUCATIONE SI PUÒ CONSIDERARE VARIAMENTE SECONDO
VARIE CIRCONSTANZE.

Accio il nostro ragionamento proceda più ordinatamente è da sapere che la educatione si può considerare in varii modi, secondo la varietà, et differenza delle circonstanze, delle quali parlando non molto sottilmente possiamo redurle à due capi, nel primo sono le circonstanze che potremo chiamare naturali, et communi, nel secondo sono quelle che si possono dire accidentali, et private. Et per dichiararmi anchor meglio, circonstanza naturale è quella che si prende dal sesso, essendo i figliuoli che devono essere educati, alcuni maschi, alcune femine. Similmente la circonstanza dell'età è naturale poi che tutti i figliuoli sono prima infanti, poi fanciulli, et poi adolescenti, onde secondo la varietà dell'età, si và in qualche modo variando la educatione. Delle circonstanze poi accidentali, che possono esser molte, alcune si accostano alquanto più alle naturali, altre son più remote, come per cagione d'esempio s'accosta alle naturali, la circonstanza del nascimento, cioè il nascere di parenti nobili, ò di contadini, percioche non ha dubio che dalla generatione istessa si contrahe una varia dispositione ne i fanciulli, et secondo il corpo, et secondo l'animo, se ben questo non avviene sempre necessariamente. Le regioni anchora, et diversità de i paesi apportano seco più communemente certe inclinationi, si come si vede che alcune nationi sono più timide, et ingeniose, altre più feroci et di minor ingegno, altre astute, altre semplici, altrte stanno in una certa mezzana dispositione; onde la educatione hà campo di esercitarsi variamente proponendosi fini più alti nel nobile, che nel plebeo, et correggendo et aiutando maestrevolmente le dispositioni che il paese apporta. Ma circonstanze più accidentali sono il nascere di padri ricchi, ò poveri, di privata conditione, ò di Signori, et che commandino non pure à piccolo numero di vassalli, ma à provintie et regni. Il nascere anchora in republica libera dove si ha à participar del medesimo governo, con molti, ò pur sotto il reggimento d'un principe, è circonstanza anchor ella accidentale, et in queste, et molte altre circonstanze che si potriano numerare, non si deve negare che secondo la varietà loro prende anchora la educatione varii rispetti, poi che in altra maniera generalmente parlando, doverà esser allevato il figliuolo di un principe, et il figliuolo di un privato gentil'huomo, il cittadino, et l'huomo di villa, et cosi de gli altri. Tuttavia perche il ragionare di tutte queste circonstanze saria cosa infinita, et il proponimento nostro è trattare della educatione christiana, la quale à tutti appertiene, poi che tutti in qual si voglia stato siamo obligati a conoscere, et amare Iddio, et obedire a i suoi santi commandamenti, se bene in alcuni si ricerca maggior perfettione che in alcuni altri, per tanto tratteremo della educatione con una via di mezzo, in ordine al più de gli huomini che vivono nelle Città, et sono di mezzana conditione. Et nondimeno sarà questo modo commune a tutti gli stati de gli huomini in quanto tutti devono, com'è detto, esser buoni christiani, et sarà cosa per quanto a me pare non dificile, che ogni mediocre intelletto per se stesso vadi applicando le cose medesime variamente con una certa proportione al vario sesso, alle varie età, et alle varie conditioni, et circonstanze, si che non mi sia necessario repetere l'istesso più volte, benche nelle cose più importanti, non mancarò di considerare separatamente quanto farà bisogno.

Capitolo 45

À CHI SI APPERTENGA LA EDUCATIONE DE I FIGLIUOLI, AL PADRE, Ò ALLA MADRE.

Non è forsi fuora di proposito il ricercare à chi si appertenga, ò almeno a chi più principalmente si appertenga la cura dello educar i figliuoli, al padre, o pure alla madre, acciò non avvenga come spesse volte suole avvenire delle cose che sono raccomandate a più persone, che l'uno guarda all'altro, et come per ordinario si fugge la fatica, et se ne lascia volentieri la maggior parte al compagno, na segue che quella cosa, che communemente doveva esser governata è communemente negletta. Ma s'è vero quello che lungamente habbiamo trattato di sopra, della unione del marito, et della moglie, et come non son più due, ma una carne, certo quel commune difetto che nelle altre coe si vede succedere, non dovrà haver luogo in loro nel governo de i figliuoli, i quali sono effetto di ambedue, et tutto il frutto, et la contentezza che nasce dalla buona educatione, deve essere commune. Adunque unitamente devono procurare di allevar bene i loro figliuoli, onde vediamo che l'Apostolo San Paulo tanto al padre, come alla madre attribuisce il carico della educatione, perche scrivendo a gli Ephesii dice cosi, padri educate i vostri figliuoli nella disciplina et timor del Signore. Et scrivendo à Timotheo fra le altre conditioni, che richiede della santa vedova, che si eleggeva secondo l'uso della primitiva Chiesa, connumera questa, si filios educavit, se ha bene allevati i figliuoli, benche si potesse dire, che intende dopo la morte del marito. Ma nella medesima epistola più di sopra, parlando pur tuttavia delle donne, et delle maritate, dice cosi: La donna si salvarà per mezzo della generatione de i figliuoli se perseveraranno nella fede, et dilettione, et santificatione con sobrietà; il qual luogo esplicando i padri, intendono la donna doversi salvare non solamente per la simpkice fecondità, et per haver partorito molti figliuoli, ma principalmente per la educatione di essi, et non per qual si voglia educatione, ma christiana et santa, come dimostrano quelle parole, in fede, dilettione, santificatione, et sobrietà; percioche la educatione è una seconda generatione, se bene più perfetta della prima. Potiamo adunque concludere, che la educatione de i figliuoli è commune al padre, et alla madre, i quali se in tutte le cose del governo domestico devono essere concordi, in questa ch'è la più importante di tutte devono essere concordissimi. È però vero che la differenza del sesso, et della età ci insegna appertenersi qualche maggior cura all'uno, che all'altro, percioche generalmente parlando, la cura delle figliuole, per la ragione del sesso maggiormente alla madre si appertiene. Et perche l'offitio dell'huomo è star assai fuori di casa, sì per procacciar il vivere per la famiglia, come egli è obligato, sì per governare, et trafficare la sostanze che son fuori, sì per il commertio che deve havere con gli altri cittadini, la dove la donna deve starsi sempre in casa, se non quanto honesta et necessaria cagione la conduce fuori, nel qual caso deve ritornare il più presto che può. Per tanto nella infantia et prima fanciullezza maggior xura della educatione doverà toccare alla madre, sì come all'incontro, quando il fanciullo sarà grandicello, et più capace di precetti più maturi, et atto ad uscir più spesso fuori di casa, sarà più offitio del padre instruire, et vegliar sopra il figliuolo.

Capitolo 46

DEL GIOVAMENTO CHE SEMPRE POSSONO ARRECARE LE BUONE MADRI À I FIGLIUOLI.

Il sesso feminile è ordinariamente inclinato alla pietà, et religione, onde dalla santa Chiesa è chiamato con singular titulo, sesso devoto; per il che io mi persuado, xhe una buona madre possa in ogni tempo, et in molti modi haver granparte nella educatione christiana del figliuolo. S' aggiunge la tenerezza dell'amor materno, et la maniera più suave di ammonire, et com maggior perseveranza, et patienza che forse il padre non usa per ordinario di fare. Et benche nel padre l'autorità sia maggiore, può la madre più facilmente con l'autorità mescolare le preghiere, il che tal volta in lei non è disdicevole. Et perche parimente nel figliuolo è una certa corrispondenza di amor più tenero verso la madre, è anchor più disposto a ricever i suoi precetti, et ammonitioni. Vero è che bene et spesso è più necessario usar della severità paterna, che della piacevolezza materna, tuttavia sempre la madre può esser util temperamento di quel rigore, che il padre con prudenza deve ritenere, per conservatione della sua autorità. In somma ambedue, padre, et madre, devono concordemente applicare tutti i rimedii opportuni per la salute del figliuolo, avvenendo nella cura de gli animi quello istesso che avviene nella curatione de i corpi, che di varie medicine, hora piacevoli et lenitive, hora aspre et efficaci, hanno dibisogno. Et per tanto non deve mai la buona madre deporre il pensiero del figliuolo, acciò sia buono, et virtuoso, nè deve dire, egli è già grande, io lascio fare a suo padre; percioche alcune cose, come è detto, potrà ella tal'hora persuadere con maggior facilità al figliuolo, et disporlo più suavemente, et più fruttuosamente alla salute. Nè però deve la savia madre esser cosi piacevole, che non ritenga severità, anzi deve star molto avvertita, che l'amore verso i figliuoli non sia tanto molle, che apporti nocumento al vigore della virtù, et con una certa falsa compassione, dissolva i nervi della buona disciplina. Amino le madri i figliuoli secondo la parte migliore, cioè secondo l'anima, et quando fa bisogno per la salute loro, et per la gloria di Dio, si vestano di animo virile; ricordandosi di quelle gran madre de i giovani Maccabei, tanto celebrata nella sacra scrittura, et da i padri antichi, la quale non solo con grandissima constanza stette presente alla morte, anzi al martirio atrocissimo di sette suoi

figliuoli, ma ella stessa con parole efficacissime gli esortava a morir fortemente
per la legge di Dio.

87

Capitolo 47

ESEMPIO D'UNA SANTA MADRE CON QUANTO STUDIO PROCURO' LA SALUTE D'UN FIGLIUOLO CHE FU POI SANTO.

Molti altri esempii simili à questo, che avvenne nel tempo del vecchio testamento, si potrebbono raccontare sotto la legge evangelica, nello stato della gratia, ma lasciandoli per brevità, et per l'altezza loro, voglio almeno, perche le buone madri intendano, come si hanno da partorire i figliuoli in Christo, riferire in parte l'ardente pietà d'una ottima madre, verso un figliuolo che fu poi, et è anchora una delle colonne principali, che sostengono la santa Chiesa, parlo di Monica, et di Agustino; la qual madre partorì il suo figliuolo, secondo lo spirito, con maggiori, et più acerbi dolori, che non fece nel parto carnale. Questa adunque, si come santo Agustino medesimo ci ha lasciato scritto ne i libri delle sue confessioni, essendo egli fanciullo, lo indusse a creder in Christo, a cui il padre di Agustino, anchora non credeva; al quale, per la buona diligenza della santa madre, non venne fatto di tirar il figliuolo alla infidelatà, anzi egli stesso, dopo alquanto tempo, fu anchor guadagnato a Christo dalla propria moglie. Questa medesima pietosa madre ammoniva con grande sollicitudine il figliuolo già entrato nella adolescenza, che si guardasse di non macchiarsi ne i peccati della carne. Et finalmente essendo S. Agustino già huomo, et essendo caduto in un profondissimo baratro di errori, per essersi accostato alla setta di Manichei heretici, nella quale perseverò molti anni, si come egli et questi, et altri suoi peccati, con raro esempio di humiltà ci ha lasciati scritti; la buona madre piagnava giorno, et notte, la morte dell'anima del figliuolo molto più amaramente, che non piangono le altri madri la morte del corpo. Et non cessò giamai et di piagnere, et di pregar il figliuolo, che ritornasse alla via della verità, et tanto ferventemente ne pregava Iddio, et tanto caldamente si raccommandava à santi Vescovi, et persone dotte, acciò disputassero con Agustino, et cercassero di sgannarlo, et di ridurlo, che una volta fra l'altre facendo di questo grande instanza con un Vescovo, et importunandolo con gran copia di lagrime, il santo Vescovo quasi fastidito, disse con spirito profetico; Vattene, ch'egli è impossibile, che figliuolo di coteste lagrime perisca. Et tanto perseverò la santa donna con orationi, con lagrime, con preghi, et sopra la fragilità del sesso, seguitando in lontani paesi, cioè dall'Africa sino in Milano il caro figliuolo, che finalmente Iddio la esaudì, et gli fece gratia di veder la mirabile conversione di Agustino, la quale hebbe prima origine dalla dottrina del glorioso S. Ambrosio in Milano, disponendo, et operando suavemente, et fortemente la mano di Dio, la salute di quel novo vaso di elettione, et di quale gran lume della Chiesa Catholica.

Capitolo 48

COME IL BUONO ESEMPIO PATERNO È IMPORTANTISSIMO.

Che adunque la educatione de i figliuoli appertiene congiuntamente al padre, et alla madre, et che per la differenza del sesso, et della età, si può considerare qualche maggior convenienza nell'uno che nello altro, et che nondimeno in ogni tempo la buona madre può et deve esser sollecita della utilità del figliuolo in sin qui si è dimostrato. Hora saria tempo di entrare ad esporre alcuni particulari avvertimenti accommodati propriamente alla educatione christiana, acciò il fanciullino insieme co'l latte per quanto è possibile beva la bontà, et timor di Dio, et il vero culto della nostra santa religione. Ma prima che si dia principio a questo, mi par necessario un ricordo generale che ha da servire in tutti i tempi, et tanto maggiormente quanto il fanciullo crescendo con gli anni havrà maggior lume, et uso di ragione, et questo è il buono esempio paterno; percioche se noi parliamo de i fanciulli anchor teneri, et non capaci della ragione, è certo, che la maggior parte delle cose che fanno, le fanno per imitatione, et sono dalla natura istessa formati a questo, cioè all'imitare; in questa maniera imparano a parlare, et mentre altrui parla, guardano fisamente il movimento delle labbra, et osservano gli altri moti del corpo, et de gli occhi, mentre si vuole, ò si rifiuta alcuna cosa, et s'imprimono quelle imagini nella memoria, et come novelli habitatori di questo mondo, si maravigliano di ciascuna cosa che veggono, et son curiosi di veder cose nuove, et perche, come dice quel filosofo, sono i fanciulli a guisa d'una tavola nuda, dove anchora non è dipinto nulla, quindi avviene, che quei primi colori fanno gran presa; per il che conviene haver molta cura, che i fanciulli non vedano, nè odano cosa meno che honesta, anzi per contrario vedano, et odano tutte quelle cose, che si vuole che essi et faccino, et dicano; percioche la prima educatione si apprende per una certa assuefattione, et imitatione, alla quale, come è detto, sono i puttini per se stessi cosi inclinati, che volentieri si recano ad imitare, quanto veggono fare ad altri. Ma quando il fanciullo è cresciuto in modo, che i raggi della ragione cominciano ad apparire, all'hora la educatione si esercita intorno a lui con due principali maniere, l'una con l'imperio paterno, ch'è alquanto più violento, l'altra con la persuasione che propone la bellezza della virtù, et suavemente con la luce della ragione, affettiona, et alletta la voluntà. Hora et l'imperio, et la persuasione è di due sorti, cioè di effetti, et di parole, delle quali la più efficace è quella che consiste nel fare, onde meno efficacemente commanda, ò persuade colui che con gli effetti contradice al commandamento, et alla persuasione, per tanto s'io, non m'inganno, questa deve essere una ferma massima à tutti i padri, et madri di famiglia, che un principal fondamento della buona educatione, consiste nel buono esmpio domestico, di maniera che tutto quello che vogliono imprimere di virtù, et di religione nell'animo del figliuolo oltra le eshortationi, et commandamenti, che son buoni, et necessarii principalmente lo devono rappresentare à gli occhi del giovanetto vivamente espresso in se medesimi, altrimenti se altro dicessero, et altro facessero, più saria quello che si distruggeria con un fatto solo, che quello che si potesse edificare con molte parole; si perche, come dice quel valent'huomo, meno efficacemente commovono l'animo, le cose ch'entrano per gli orecchi, che quelle che sono sottoposte à gli occhi, si perche la natura nostra amica del diletto, più facilmente si appiglia, dove sente maggior facilità, cioè al male, et non si può dire a bastanza, quanto si diminuisca dell'autorità, et del credito di colui che vuole persuadere altrui, quando le opre sono contrarie al dire; et però del maestro de' maestri Christo nostro Signore scrive san Luca, dicendo ch'egli fece, et insegnò, ponendo nel primo luogo il fare. Et il Salvatore medesimo dicea, imparate da me che sono mansueto, et humile di cuore, et un'altra volta parlando con gli Apostoli: Io vi ho dato esempio, acciò facciate anchor voi, come ho fatto io. Et l'Apostolo san Paolo dottore delle genti eshortava a i Corinthii in questa maniera: Siate imitatori miei, come io sono di Christo; et scrivendo a i suoi diletti discepoli Timoteo, et Tito, Vescovi, et perciò padri, et maestri, gli ammoniva che con la dottrina, et con le eshortationi congiungessero principalmente l'esempio della vita, et santa conversatione loro, onde al primo dicea: Fa che tu sia esempio de i fideli, nel parlare, nel conversare, nella carità, nella fede, et nella castità. Et scrivendo al secondo dopo haverlo ammonito che di continuo predicasse ad ogni sesso, et ad ogni età gli oblighi, et offitii loro conclude cosi: In tutte le cose proponi te medesimo esempio delle buone opere. Volendo l'Apostolo dire, che niuna maniera più breve, nè più efficace si può trovare per insegnare ad altri che l'esempio proprio. In somma il primo esemplare dove naturalmente s'affissano gli occhi del fanciullino, è il proprio padre, ilquale non altrimenti che un vivo specchio, ha da rappresentare in se stesso tutte le forme, et tutte le qualità, che pretende transfondere quasi di vaso in vaso nel fanciullo. Et per tanto per ordinario i nostri ragionamenti saranno co'l padre di famiglia, percioche egli è il primo maestro, et à lui tocca a guisa d'Aquila, per usar la similitudine della scrittura sacra, spiegar le ali avanti a i suoi polli, invitandoli al volo, et insegnando loro à volare, voglio dire che il padre deve esser la guida che conduca il figliuolo per il camino della virtù, et bontà Christiana.

92

Capitolo 49

COME ANCHORA SIA D'AVVERTIRE ALL'ESEMPIO DE I FAMIGLIARI.

Non è, come altrove si è detto, piccola cosa, nè di poco pregio lo allevar bene un figliuolo, et però non deve parer maraviglia se vi è necessaria molta diligenza et cura. Non basta che il padre, et la madre diano a i figliuoli continuo esempio d'ogni virtù, et non lo diano di vitio alcuno, ma etiandio nelle cose licite conviene esser avvertiti di non dare a i figliuoli impensatamente alcuna, benche piccola, occasione di scandalo, come per esempio, è da guardarsi di non far in presenza loro atto alcuno quantunque lecito, et santo, per la santità del matrimonio, ma però pieno di pericolo, ne gli occhi curiosi de i figliuoli, percioche si come di sopra si è detto, la nostra corrotta natura, è come un'esca di peccato, che per ogni piccola favilla si accende, oltra che molte, et sottilissime sono le astutie di Satana. Ma oltra tutto questo, è anchor necessario tener gli occhi aperti, sopra le serve, et servitori nelle case dove ne sono, percioche questi essendo per il più, et ne i gesti del corpo, et nelle parole scomposti, et immodesti, et per desiderio di vivere licentiosamente poco amici d'ogni buona disciplina, apportano in mille modi grandissimo nocumento à i poveri fanciulli. Et quando gli vedono già alquanto grandi vi sono di quelli che cercano acquistarsi la gratia loro, con proporli cose dilettevoli, et aprir loro le vie di conseguirle, con pernitie, et ruina dell'anima. Perilche il buon padre di famiglia non deve darsi al sonno della negligenza, nè fidarsi indifferentemente di ciascuno, ma vegliare, et voler sapere la natura, et gli andamenti de i suoi servitori, et con prudenza et discretione lasciarsi intendere ch'egli stà su l'avviso, et non è cosa leggieri di ingannarlo et quando egli s'accorgesse di cosa mal fatta, non la sopportaria giamai. Deve il padre di famiglia trattar bene i suoi familiari, nella mercede loro, nelle cose necessarie al vitto cotidiano, et quando sono malati è giusto usar loro molta carità, et dolcezza, ma nel resto conservi con loro l'autorità sua, tengali occupati quanto si può, perche l'otio è il maestro del mal fare, et in somma voglia che in casa sua si viva christianamente, si perche questo è obligo suo come padrone, si anchora perche importa per la educatione del figliuolo. Et tanto basti haver detto del buono esempio domestico del padre et della madre, et de gli altri famigliari, ne i quali per il meno è da provedere che non nuocano, et non seminino sopra il buon seme della disciplina paterna, il gioglio, et la zizania de i loro mali costumi. Quanto poi tocca alla conversatione fuori di casa con gli eguali, et coetanei, et con ogni maniera di persone, forse in altro luogo ci verrà migliore opportunità di ragionare.

Capitolo 50

CHE NELL'INSTRUIRE I FANCIULLI CONVIENE ACCOMODARSI ALLA CAPACITÀ LORO DI TEMPO IN TEMPO.

E detto di sopra, che la buona educatione deve esser sollecita, et cominciarsi molto per tempo, etiandio nelle cose gravissime, come nello imprimere ne gli animi teneri il timor santo di Dio, et ogni buon costume; ma le cose medesime vanno insegnate variamente, secondo la varia dispositione del fanciullo, et secondo che di tempo in tempo và acquistando maggior capacità et intelligenza. Et avviene nell'animo come nel nutrimento del corpo; percioche da principio si nutrisce il fanciullino di latte, poi di cibo alquanto più solido, et di mano in mano si và accrescendo nella fermezza del cibo, secondo anchor cresce la virtù et vigore di poterlo digerire; cosi anchora nello ammaestrar i fanciulli, ch'è un certo pasto dell'animo, fa bisogno proceder di grado in grado à maggior perfettione di ammaestramenti; si come a proportione cresce il lume della ragione, et l'intelletto del fanciullo. Et per farmi anchor meglio intendere, mi dichiararò con alcuni esempii. Dico adunque, che quanto prima si può, si ha da procurare di instillare nel petto del fanciullino qualche cognitione di Dio, qualche amore, et riverenza verso il suo santo nome, il medesimo diremo della obedienza verso il padre, et la madre, et dell'honorare i maggiori, et simili altri buoni costumi. Di maniera che et nella infantia, et nella pueritia, et nella adolescenza, pretende la buona educatione, che il figliuolo sia temente Iddio, et honori i parenti, et i maggiori, ma sempre più perfettamente nell'età più perfetta, et però si adopra con vario modo, et di tempo in tempo va facendo maggiore acquisto nel profitto del fanciullo, perche da principio il puttino ama Dio, lo sente nominar con una certa riverenza, s'inginocchia, si fa la croce, honora i maggiori, inclinando il capo, et basciando loro le mani; non perche intenda, che cosi richiede la ragione, ma lo fa per imitatione, et per una consuetudine, et perche cosi ha veduto fare à gli altri, et perche spesso gli vien ricordato che cosi faccia. Ma crescendo poi, et acquistando uso di ragione, esercita i medesimi atti con maggior perfettione, essendo già capace di intendere la potenza, et bontà di Dio, onde si debbia et temere et amare, et cosi delle altre cose. Et nondimeno quella prima assuefattione infantile, se bene pare che più presto informi il corpo che instruisca l'animo, giova grandemente, et tanto che più facilmente và poi continuando di bene in meglio nella pueritia, si come in questa si fa dispositione per i maggiori progressi della adolescenza, et avviene come d'un panno, il quale con molte, et reiterate tinture imbeve maggiormente il colore. Hora se bene ciascuno per se stesso facilmente poteva intendere, che circa l'educatione conviene osservare quella via, che la natura istessa ci dimostra in tutte le cose, che è di andare dallo imperfetto al perfetto, et dal meno perfetto al più perfetto; mi è parso però necessario ragionarne alquanto più distintamente per mia escusatione; perche nelle cose che successivamente più à basso si havranno à dire, troppo lunga, et molesta impresa saria accomodar l'istessa cosa hora alla infantia, hora alla pueritia, hora alla adolescenza, et tanto più che queste età hanno notabile latitudine, et vi è la prima infantia, et la adulta infantia, per chiamarla cosi, et parimente delle altre età; onde se bene io descenderò alcuna volta, per quanto si potrà, à i particulari delle sudette età distintamente, nondimeno è bisogno lasciar molta parte al giuditio del prudente educatore, il quale doverà sapersi accomodar al suggetto, che haverà alle mani; il che nondimenno, come è detto, non havrà molta difficultà, poi che ogniun sà, che con i puttini, per insegnarli à parlare, prima si balbutisce, et poi sempre più articulatamente si esprimono le parole, sino che parlino perfettamente, ilche ha luogo nell'altre cose anchora à proportione.